z()nafranca

Zonafranca è stata voluta e pensata da Antonio Spinelli

Dedico questo libro a mio padre.
Per tutte le partite che abbiamo visto insieme.
Per tutte quelle che non abbiamo più potuto vedere.

Un ringraziamento particolare alle fondazioni Pupi, Forza Ragazzi, Cannavaro Ferrara, Axa Calcio Francesco Totti, per il loro impegno quotidiano.
Un ringraziamento anche a Fiammetta De Angelis, Tetanya Gordiyenko e Ibrahim Mahmood Khaled per la traduzione e la traslitterazione dei termini del Glossario del calcio.

Sinnos Soc. Coop. Sociale - ONLUS
via dei Foscari 18 - 00162 Roma
tel. 06.44119098 - fax 06.6227.6832
www.sinnoseditrice.org

ISBN 978-88-7609-172-8

Le illustrazioni del volume sono state donate da Dido

Finito di stampare nel mese di aprile 2010 dalla Tipografia CSR, Roma

La Sinnos editrice è una Organizzazione Non Lucrativa di Utilità Sociale (ONLUS), che ha come finalità il reinserimento lavorativo di persone svantaggiate.

Carlo Carzan

ti ricordi il calcio?

sinnos

Stop al calcio

La riunione di redazione era finita da mezz'ora, e ancora non riuscivo a credere d'esserci riuscito: avevo ottenuto il mio primo reportage! Avrei potuto scrivere articoli ed editoriali in prima pagina sul più importante quotidiano sportivo nazionale, «Cronache Sportive».

Il direttore era stato chiaro, mi sarei dovuto occupare di tutto, della ricerca dei materiali, delle interviste, del blog su Internet, dei social sport network, insomma avevo uno spazio fisso da riempire per i quattro mesi che seguivano, giusto in tempo per giungere alla ricorrenza del primo ventennale senza calcio. Non a caso: il mio reportage sarebbe stato dedicato proprio a questo sport, amato e seguito fino ad alcuni decenni prima, e poi improvvisamente dichiarato illegale. E non sarebbe stato un "asettico" approfondimento giornalistico: con i miei articoli avrei raccontato il calcio a chi l'aveva visto giocare e magari lo ricordava con nostalgia; ma soprattutto a chi, avendo meno di venti anni, non aveva mai visto una partita e non poteva capire quante cose belle ci fossero in quello sport ormai abbandonato.

Mi ricordo ancora del giorno in cui fu deciso lo "stop al calcio": avevo solo tredici anni, l'ultima partita ufficiale e subito dopo... il nulla! Solo calci dati a un pallone in una piazza, correndo su un campo o nel cortile di una scuola; ma niente più stadi, Campionati, sfide per lo scudetto o per la salvezza, addio al Campionato del Mondo.

Era accaduto tutto con una velocità tale che nessuno era riuscito a porvi rimedio.

Da anni si parlava della crisi del calcio, si diceva che così non si poteva andare avanti, venivano proposte idee per riportare la gente allo stadio, ma poi nessuno faceva nulla di concreto. Fino al giorno in cui uno tsunami spazzò via lo sport più importante del mondo.

Come per ogni catastrofe la causa non fu una sola, ma un insieme di piccoli e grandi eventi che, magari per puro caso, si verificarono nello stesso periodo, creando una reazione a catena che come un'onda in piena abbatté e coinvolse tutto ciò che incontrava.

Gli stipendi esagerati dei calciatori e il fallimento delle più importanti squadre del mondo, la crisi economica che rendeva sempre più difficile per i tifosi pagare il biglietto per lo stadio e tanto meno un abbonamento per vedere la propria squadra in tv portò al rifiuto dei giocatori di giocare e degli spettatori di partecipare.
Nello stesso periodo in un piccolo paese italiano, durante degli scontri tra tifosi e polizia, morirono nove tifosi e tre agenti delle forze dell'ordine. Un evento tragico, che invece di fermare gli scontri li amplificò: una macchia d'olio che iniziò a spandersi per l'Italia, l'Europa, il resto del mondo. Scontri e morti che fecero interrompere le partite dappertutto, compresi i Campionati giovanili e i tornei amatoriali. Insomma un periodo decisamente nero per un mondo che sino ad allora era cresciuto a dismisura, andando sempre più oltre le regole.
Questo suggerì ai più importanti politici e potenti della Terra una sola soluzione: interrompere lo spettacolo e provare a curare il moribondo. Tutto si fermò: da quel momento organizzare partite ufficiali di calcio fu vietato.
Erano passati quasi vent'anni da allora, quello che inizialmente doveva essere uno stop temporaneo si era trasformato in una sentenza definitiva.

Alex

Ecco che mi trovavo, passata da poco la trentina, alle prese con il più importante reportage della mia carriera giornalistica.

Quella per il calcio era per me una passione nata da piccolo, leggendo le pagine rosa della «Gazzetta dello Sport», collezionando le figurine, appassionandomi alle storie dei calciatori, delle squadre e delle partite leggendarie.

Ore passate immerso in Internet alla ricerca di statistiche, di dati, informazioni; mi divertivo a creare pagine su Facebook dedicate ai più grandi campioni, ai loro colpi magici. Solo pochi anni dopo la fine del calcio il mio canale su Youtube era tra i più visitati della rete. Anche il mio nome, che ricordava quello di un grande campione, mi faceva sentire un predestinato. Dopo le scuole avevo scelto la mia strada: diventare giornalista per raccontare storie di sport, storie di passione e di sofferenza, ma anche di gioia e di successo; raccontare l'umanità di uno sport che sempre più spesso si perdeva tra un contratto milionario e un'apparizione in pubblicità.

Per gli amici ero diventato una sorta di computer portatile: passavamo ore la sera, io a raccontare e loro ad ascoltare, il tavolo di un pub diventava una piazza, dove interpretavo il ruolo di moderno cantastorie.

Diventare giornalista fu naturale, avevo iniziato con articoli sul nuoto, poi l'atletica e le Olimpiadi; di calcio però si preferiva non parlare. Ma poco per volta era stato possibile pubblicare qualcosa, una biografia di un calciatore, la storia di una partita, la descrizione di un gol.

Pian piano ero riuscito a ottenere la stima del direttore, e ora avevo in mano il mio sogno: un reportage intero sul calcio. L'idea era semplice: fare sognare i lettori ricordando i più grandi calciatori, le partite che avevano fatto la storia di questo sport, ascoltando i testimoni, parlando con gli appassionati; ma anche raccontare quegli aspetti poco conosciuti del calcio di allora, quelli positivi come l'impegno di alcuni calciatori nella solidarietà... insomma, i motivi per cui forse il calcio avrebbe meritato di rimanere in vita.

Intanto era necessario raccogliere più informazioni possibile; ma non bastavano i tanti libri sul calcio che stavo leggendo (o rileggendo) – il mio "diario di lavoro" si stava riempiendo di post-it con titoli e note dei più belli – né il freddo ed enorme aiuto di Internet 4.0. Avevo bisogno di qualcuno che potesse raccontarmi fatti e curiosità particolari, di emozionarmi ascoltando le parole di chi aveva vissuto quei tempi in prima persona.

Pensai di chiamare il mio amico Gianni, memoria storica del calcio mondiale, e così presi un appuntamento per il giorno successivo.

Gianni Brera, *Il mestiere di calciatore*, **Book Time, Milano 2008.**
La storia dei Mondiali è Brera ai massimi livelli! Il libro è una sintesi storica delle 14 edizioni del Campionato, e contiene la descrizione dei ruoli e dei moduli del calcio, spiegati attraverso i grandi campioni che nei decenni ne hanno esaltato l'essenza. Un libro che esprime l'interpretazione breriana del gioco, dei ruoli, delle tattiche e contiene il ritratto tecnico e umano di campioni indimenticabili come Meazza, Di Stefano, Puskas, Pelé, Schiaffino, Riva, Pacchetti, Rivera, Suarez, Mazzola, Corso, Domenghini e tanti altri.

La stanza della memoria

Entrai nello Stadio Centrale di buon mattino, la struttura non veniva più utilizzata da anni, ma stranamente non era stata trasformata in qualcos'altro. Gli altri stadi erano diventati centri commerciali, discoteche, teatri per concerti, qualcuno era stato abbattuto per fare spazio ad enormi grattacieli; questo invece stava lì, immobile nel centro della città, a ricordare l'esistenza del calcio, ma ormai vuoto e senza un vero scopo. Un monumento dimenticato dal mondo, con un solo custode: Gianni.

Gianni aveva fatto di tutto nel mondo del calcio, dal raccattapalle al magazziniere, dal giornalista al direttore sportivo, aveva conosciuto, visto, ascoltato centinaia di storie, e ora da vent'anni si era trasferito allo Stadio Centrale: aveva chiesto alle autorità locali di diventarne il custode ed era stato accontentato.

Da solo con la sua passione per quello sport che lo aveva fatto emozionare e soffrire, aveva tenuto in ordine lo stadio e nei locali che una volta ospitavano gli spogliatoi aveva realizzato la Stanza della Memoria.

Dopo lunghi ragionamenti era giunto alla conclusione che non poteva lasciar ammuffire sugli scaffali del suo garage quello che aveva raccolto in tanti anni di lavoro; così con l'aiuto di alcuni amici aveva riunito ogni oggetto possibile riguardante il calcio, maglie, giornali, trofei, sciarpe, scarpe, fotografie e molto altro, creando quella che da subito aveva cominciato a chiamare la Stanza della Memoria.

Gianni mi accolse con un'incredibile disponibilità e vidi luccicare i suoi occhi quando gli spiegai cosa dovevo fare.

«Potresti scrivere mille articoli sul calcio, e altri mille ancora ne avresti da scrivere», mi disse sorridendo. «Quando lo dichiararono illegale per me fu uno shock, è chiaro; in fondo però il mio calcio, quello che amavo, era già morto da anni. Non so come, ma una cosa tanto bella si era trasformata in un delirio di stupidità e violenza, e a quel punto tenere in vita un calcio del genere non aveva proprio alcun senso», sospirò; poi prese le chiavi della grande porta che ci separava dalla Stanza, l'aprì e mi accompagnò dentro.

Ero stato lì altre volte, ma non smettevo mai di meravigliarmi: le pareti e il pavimento erano ricoperti da centinaia di cassetti, ognuno contenente qualcosa che raccontava una storia di calcio.
I cassetti sulle pareti arrivavano sino al soffitto e potevano essere raggiunti solo con una lunga scala che scorreva con velocità su dei binari, quasi come un centravanti alla ricerca del pallone da spingere in rete.
I cassetti sul pavimento erano simili a scrigni segreti scavati nella terra, con dei piccoli fori dove infilare le dita per estrarli e scoprirne il contenuto.
Ogni cassetto era dedicato a un giocatore, a una partita, a un evento sportivo, a un Paese. Gianni diceva sempre che il calcio poteva spiegare il mondo e che la sua Stanza della Memoria voleva essere come un giro del pianeta.
Si avvicinò a un cassetto, lo aprì lentamente e ne tirò fuori il contenuto che diede il via al nostro viaggio.
Con attenzione, in silenzio, Gianni iniziò a poggiare sul tavolo degli oggetti. «Questo era il calcio vero», mi disse, «eroico e triste allo stesso tempo». Uno dopo l'altro mi mostrò una maglia verdeoro della Nazionale brasiliana, pagine di giornale con foto in bianco e nero, un vecchio cd musicale, delle scarpe ormai distrutte. «Ogni oggetto qui dentro racconta una storia», continuò, «e ognuno è un pezzo della vita di Manè Garrincha, uno dei più grandi calciatori di tutti i tempi».
In parte conoscevo già la sua storia, ma il racconto di Gianni mi convinse che proprio a Garrincha dovevo dedicare il mio primo articolo.
Per parlare di calcio dovevo partire da chi aveva fatto amare il pallone, da colui che era considerato l'*Alegria do povo*, l'Allegria del popolo.

Cronache Sportive
14 gennaio 2030

Alegria do Povo

Piccolo, sgraziato, con una gamba più corta dell'altra di ben sei centimetri, sul campo di calcio si prendeva le sue rivincite su chi lo prendeva in giro.

Cari lettori di «Cronache Sportive» inizia oggi un reportage sul calcio che vi accompagnerà nei prossimi quattro mesi – speriamo suscitando il vostro interesse e appassionandovi – e che si concluderà giusto in tempo per l'anniversario della "fine" di questo sport. Il primo articolo lo abbiamo voluto dedicare a Garrincha, uno dei più grandi calciatori di sempre, un uomo che con la sua storia emblematica sembra racchiudere in sé l'anima stessa del gioco.

Molti tra voi ricorderanno il calcio con nostalgia e avranno nel cuore ancora un barlume di tifo, molti altri invece penseranno al calcio semplicemente come a un retaggio del passato. Ecco, la nostra indagine giornalistica è rivolta a entrambe le categorie di lettori. Ai primi ricorderemo la bellezza di questo sport che fu vittima di se stesso, ai secondi la descriveremo come fosse una cosa nuova: a tutti buona lettura.

O ANJO DAS PERNAS TORTAS
A um passo de Didi, Garrincha avança
colado o couro aos pés, o olhar atento
dribla um, dribla dois, depois descansa
como a medir o lance do momento.

L'ANGELO DALLE GAMBE STORTE
A un passo da Didi, Garrincha avanza
il pallone incollato ai piedi, lo sguardo attento
dribla una volta, dribbla due, dopo riposa
come per misurare il tiro del momento.

Manuel dos Santos, nato povero in Brasile, divenuto zoppo per via di una poliomielite, se avesse dato ascolto a ciò che i medici avevano detto a sua madre non avrebbe mai fatto il calciatore.

Piccolo, sgraziato, con una gamba più corta dell'altra di ben sei centimetri, e con il ginocchio sinistro che curvava verso l'esterno, sul campo di calcio si prendeva le sue rivincite su chi lo prendeva in giro, su chi cercava di fermarlo, su chi riteneva fosse solo uno scemo disabile.

Sembrava dovesse cadere da un momento all'altro, inciampare su se stesso, e invece stava in piedi, come un trottola che sfidava in continuazione le leggi della fisica, non si fermava mai, se non per guardare negli occhi un avversario e poi con uno scatto improvviso superarlo.

Saltellava in campo come un passerotto, tanto che una delle sue sorelle cominciò a chiamarlo proprio "garrincha" cioè passerotto, scricciolo, e fu proprio con questo soprannome che passò alla Storia come la più grande ala destra e il più grande dribblatore di sempre.

Durante una partita amichevole della nazionale brasiliana superò tre volte il portiere, tornando indietro per dargli la possibilità di recuperare il pallone e poi di nuovo dribblarlo.

Garrincha era arrivato al calcio quasi per caso, costretto da un compagno a fare un provino al Botafogo. Quel pomeriggio si ritrovò di fronte uno dei più grandi difensori di tutti i tempi, Niltos Santos, soprannominato per la sua maestria "L'enciclopedia del calcio" e lui irriverente diciassettenne riuscì a superarlo una, due, tre volte, una finta, un tunnel e poi un *sombrero*. La leggenda vuole che prima Niltos Santos si arrabbiò per una tale mancanza di rispetto nei suoi confronti; ma poi fu proprio lui a dire al presidente del Botafogo che Garrincha andava assolutamente messo sotto contratto.

Vem-lhe o pressentimento; ele se lança
mais rápido que o próprio pensamento
dribla mais um, mais; a bola trança
feliz, entre seus pés – um pé de vento!

Gli viene un presentimento, si lancia
più rapido del suo pensiero
dribbla ancora una volta, ancora;
la palla zigzagando
felice, fra i suoi piedi – un piede di vento!

Se Pelè era "O Rei", "il Re", Garrincha era "Alegria do Povo", "Gioia del popolo". Rappresentava l'anima del Brasile, la passione e allo stesso tempo la creatività. Era assolutamente imprevedibile, in campo e fuori; ma era anche un grande sportivo che rispettava gli avversari: fu lui per la prima volta nella storia del calcio a mandare il pallone fuori dal campo per fare soccorrere un avversario infortunato, invece di superarlo e andare a segnare un gol praticamente fatto.

Il popolo si identificava in lui e lui ricambiava con la sola voglia di giocare: vederlo in campo era come ascoltare una poesia che entra fin dentro il cuore. Il grido "Olè", che il pubblico faceva fino a vent'anni fa in ogni stadio del mondo – per sottolineare una finta, un dribbling, un passaggio geniale dei propri campioni – fu inventato dai brasiliani proprio per applaudire le magie di Garrincha.

Vinse due Mondiali con la maglia verdeoro. Il primo, nel 1958 in Svezia, fu anche la prima vittoria nella storia del Brasile dopo la tragica finale del 1950 persa al Maracanà contro l'Uruguay. Garrincha esordì soltanto alla terza partita, contro l'Unione Sovietica e in tre minuti segnò l'esito dell'incontro prendendo prima una traversa, poi costringendo il portiere russo Yashin a una difficilissima parata e infine servendo a Vavà l'assist per il primo gol, tanto che il giorno dopo il grande giornale francese «L'Equipe» titolò "I tre minuti più devastanti della storia del calcio".

Da quel momento Garrincha divenne titolare inamovibile del Brasile, portò la squadra a vincere in finale contro la Svezia e fu tra i migliori undici giocatori del Mondiale. Quello che però pochi sanno è che prima del Mondiale lo psicologo della Nazionale brasiliana, dopo aver sottoposto tutti i calciatori brasiliani a dei test, disse all'allenatore Feola di non convocare Garrincha, perché «troppo stupido per giocare a calcio».

Il grido "Olè", che il pubblico faceva per sottolineare una finta, un dribbling, un passaggio geniale fu inventato proprio per applaudire le sue magie.

Ma Garrincha non era stupido, semplicemente vedeva il mondo come un bambino, con la sua stessa ingenuità. E comunque secondo lo psicologo un altro giocatore da scartare era quel ragazzino diciassettene, noto poi come Pelè!

Quattro anni dopo in Cile, nel Mondiale del 1962, Garrincha conquisterà il titolo di capocannoniere e di miglior calciatore del torneo, portando il Brasile alla vittoria finale contro la Cecoslovacchia praticamente da solo, vista la mancanza di Pelè infortunatosi alla seconda partita. Il 1962 rimarrà nella vita di Garrincha come il punto più alto mai raggiunto dalla sua parabola umana e calcistica.

Eppure aveva rischiato di non partecipare alla competizione: negli ultimi anni oltre al pallone aveva avuto vicino a sé un altro e ben più pericoloso compagno, l'alcool, che non lo abbandonerà più, sino alla fine della vita.

Num só transporte a multidão contrita
em ato de morte se levanta e grita
seu uníssono canto de esperança.

In un solo impeto la moltitudine affranta
in atto di morte si alza e grida
il suo unisono canto di speranza.

Un dribbling di Manè Garrincha era il riscatto di migliaia di brasiliani che come lui provenivano da un mondo di povertà e fatica.

Quanto era semplice per Manè stare in campo, tanto era difficile stare nella vita: la povertà e l'ingenuità lo avevano spinto a sperperare i suoi averi in alcool, automobili e storie d'amore che gli avevano portato ben quindici figli.

Il ragazzo sempre sorridente in campo, fuori dal rettangolo di gioco si trasformava in un personaggio pubblico che non riusciva a gestire se stesso. Sorte capitata negli anni ad altri campioni, come l'inglese Best, l'argentino Maradona e nei primi anni del duemila al brasiliano Adriano. Tutti accomunati dalla grande gioia di giocare e dalla difficoltà di vivere.

Garrincha trovava solo nel calcio la speranza della vita, guidato dal canto di gioia dei suoi tifosi, che accompagnavano la sua corsa verso la porta avversaria. Poi fuori dal campo diventava un passerotto indifeso, sfruttato e fagocitato dal calcio, a cui non seppe mai dire no, continuando a giocare, anche dopo la carriera professionistica, nei campionati amatoriali. Negli anni Settanta Garrincha seguì in Italia la cantante brasiliana Elza Soares, con la quale aveva una tormentata storia d'amore, e finì addirittura con il giocare nella squadra di dilettanti del Torvaianica: ma da dieci anni ormai il suo calcio non era più lo stesso.

Un insieme di contraddizioni, grande esempio in campo, molto meno fuori dal campo. Ma restava sempre l'*alegria do povo*, scrittori e poeti lo ricordavano «perché il calcio, come la letteratura, se ben praticato, è forza di popolo. I dittatori passano. Passeranno sempre. Ma un gol di Garrincha è un momento eterno. Non lo dimentica nessuno», come scrisse lo scrittore brasiliano Edilberto Coutinho.

Garrincha, o anjo, escuta e atende: Goooool!
É pura imagem: um G que chuta um O
dentro da meta, um L. É pura dança!

Garrincha, l'angelo, ascolta e considera: Goooool!
È una pura immagine: una
G che tira un calcio a una O
dentro la curva, una L. È pura danza!*

Il gol, la poesia di un gol, e Garrincha trasforma uno stadio in un sogno, in luogo dove il reale e il fantastico si incontrano nelle gambe storte e zoppe di un uomo.

Un gol che rappresenta l'inizio e la fine di un eroe, che a soli quarantanove anni si ritrova solo, abbandonato dalle sue tante mogli e figli, senza soldi, con una bottiglia di alcool come compagna di vita.

I ricordi scorrono via, dal Botafogo alla Nazionale, il pallone che s'insacca alle spalle di un incolpevole portiere in uscita e un ginocchio che cede e non ne vuole sapere di tornare al suo posto. È lì che inizia un lento ma inesorabile declino del giocatore Garrincha, ma soprattutto dell'uomo, che non riuscirà mai a capire perché a un certo punto si è costretti a smettere di giocare.

Il suo amico Nilton Santos lo troverà così, disperato e attaccato alla bottiglia, ormai in fin di vita su un letto d'ospedale e per lui penserà al più grande e bello dei saluti: la bara avvolta nella bandiera del Botafogo dentro lo stadio Maracanà, duecentomila persone sugli spalti per dire addio al "passerotto" ormai volato via per sempre, con il suo dribbling e i sogni di un paese.

Come disse il poeta Carlos Drummond de Andrade: «Garrincha fu un povero e semplice mortale che aiutò il paese a trasformare le sue tristezze. La cosa peggiore è che le tristezze ritornano e non c'è un altro Garrincha disponibile. Ne occorre un altro che continui ad alimentarci il sogno».

Negli ultimi anni l'alcool non lo abbandonerà più, sino alla fine della vita. Ma resterà sempre l'alegria do povo, l'allegria del popolo.

* *O Anjo das pernas tortas*, Vinícius de Moraes.

Darwin Pastorin, *Ode a Manè. Quando Garrincha parlava ai passeri*, **Limina, Arezzo 1996.**
La storia di un giocatore-mito, il brasiliano Mané Garrincha, tra realtà e finzione: la poliomelite da giovane, la miseria, i gol, le due vittorie ai Campionati del Mondo. L'itinerario sportivo e umano di un personaggio che il Brasile continua ad adorare. Un viaggio nella memoria di un calcio romantico, attraverso momenti universali e personali. Splendore e tragedia di un campione-bambino che sapeva interpretare la lingua dei passeri.

Arriva Gigi

Appena arrivato in ufficio, come ogni mattina, accesi il computer per scaricare la posta. Era un giorno particolare, avrei iniziato a capire quanto l'articolo uscito il giorno prima su Garrincha fosse piaciuto.
Le mail erano tante, non moltissime; "siamo comunque all'inizio...", pensai. Tanti i complimenti degli amici, naturalmente, c'era però qualche mail anche da parte dei lettori.
Le mail di giovani lettori erano pochissime, ma non potevo aspettarmi qualcosa di diverso: vent'anni sono molti, significava un'intera generazione che non aveva mai assistito a una partita ufficiale di calcio.
Alcune mail erano di miei coetanei che come me avevano vissuto il calcio da bambini, altre di sessantenni con una grande nostalgia dentro il cuore.
Tra le tante una catturò la mia attenzione:

Da: "Hurricane" Gigi
Oggetto: ALMANACCO DEL GOL 2010
Data: 15 Gennaio 2030 09.51.08 GMT+01.00
A: Alex

Nome: Manoel Francisco dos Santos
Nato: 28 ottobre 1933 a Pau Grande
Paese: Brasile
Morto: 20 gennaio 1983 a Rio de Janeiro
Altezza: 169 cm
Peso: 72 kg
Dati agonistici
Ruolo: Ala destra
Squadre Giovanili:
1948-1952 S.C. Pau Grande
Squadre di club:
1953-1965 Botafogo, 579 presenze, 249 goal
1966 Corinthians, 10 presenze, 2 goal
1968 Atlético Junior, 1 presenze, 0 goal
1968-1969 Flamengo, 15 presenze, 4 goal
1972 Olaria, 10 presenze, 1 goal
Nazionale 1955-1966 Brasile, 60 presenze, 17 goal
Mondiali di calcio: Oro, Svezia 1958; Oro, Cile 1962

Salve Alex,
grazie per aver raccontato la storia del passerotto dalle gambe storte, ne avevo sentito parlare, e in un vecchio almanacco ho trovato altre informazioni, sono quelle che hai appena letto qui sopra.
Seguo spesso i tuoi articoli e mi piacerebbe incontrarti per parlare di calcio, e mostrarti una copia speciale dell'almanacco: si tratta dell'edizione internazionale di cui fu bloccata la diffusione subito dopo i fatti che portarono allo "stop al calcio".
A presto
Gigi

Incredibile! Non pensavo ci fossero ancora in giro copie di quell'Almanacco del gol! La cosa mi emozionava, su Internet avevo tutte le informazioni necessarie per il mio lavoro, ma tenere in mano quell'almanacco era un'occasione imperdibile. Risposi subito a Gigi.

Da: Alex
Oggetto: Re: ALMANACCO DEL GOL 2010
Data: 15 Gennaio 2030 16.51.08 GMT+01.00
A: "Hurricane" Gigi

Gentile Gigi,
grazie per i complimenti, e non ti nascondo la mia curiosità per l'Almanacco.
Potremmo incontrarci in redazione domani dopo pranzo, così magari mi racconti qualche storia di calcio.
A domani, e mi raccomando non dimenticare l'Almanacco!
Alex

L'indomani arrivai in redazione presto, Gigi mi aveva confermato l'appuntamento e prima di vederci dovevo assolutamente finire di sistemare del materiale per gli articoli successivi.
Subito dopo pranzo dalla portineria del giornale mi informarono che qualcuno mi cercava. Feci salire Gigi e quando lo vidi rimasi decisamente sorpreso: mi aspettavo un sessantenne con la passione per il calcio e invece davanti a me c'era un ragazzo di non più di quindici anni, alto per la sua età, dal fisico asciutto e agile, probabilmente uno sportivo! Mi fece venire in mente un grande giocatore che avevo incontrato anni prima.
«Salve», mi salutò sicuro di sé, porgendomi la mano e subito dopo il libro. «Ti vedo sorpreso, forse non ti aspettavi un lettore giovane?».
«Grazie per l'almanacco», risposi prendendo il libro, «beh, in effetti... è solo che non capita spesso di trovare ragazzi appassionati di calcio».
«Qualcuno ancora ce n'è, anche se la maggior parte di quelli della mia età preferisce il *VTS* ora».
«Il che?», chiesi io perplesso.
«Il *Virtual Street Tennis*, mai sentito dire?».
«Ah, come no», mentii per non fare brutta figura, ma sentendomi incredibilmente vecchio. «Il *VTS*, certo».
Gigi mi raccontò della sua passione per il calcio: nonostante non avesse mai visto una partita ufficiale, aveva trovato l'Almanacco anni prima in una vecchia scatola a casa, insieme a una maglia azzurra e a un pallone ridotto piuttosto male, ma ancora utilizzabile. Il cortile di casa era diventato presto il suo campo

di allenamento, passava ore a tirare il pallone contro un muro, come per anni avevano fatto milioni di ragazzini in tutto il mondo, ma come da tanto tempo non faceva praticamente più nessuno.

Mi faceva piacere ascoltarlo, in fondo mi sembrava di rivedere me stesso giovanissimo, con una passione da coltivare e un sogno da raggiungere.

Sfogliai l'Almanacco con avidità, era una copia decisamente rara, trovai anche un paio di informazioni interessanti; lessi a voce alta la prefazione di Darwin Pastorin.

Con Gigi decidemmo di tenerci in contatto, ci saremo sentiti presto, magari subito dopo l'articolo successivo.

Lo salutai e mi fermai a riflettere. Pensai a Pastorin, un amico giornalista che spesso avevo incontrato e che sapevo che non avrebbe rinunciato alla possibilità di parlare della sua passione per il calcio.

Lo chiamai subito. Darwin mi rispose gentilmente come sempre, gli accennai del reportage e decidemmo di incontrarci per l'intervista. Per lui parlare di calcio era come mettersi davanti ad una gigantesca torta al cioccolato e poterla mangiare con le mani, pezzo dopo pezzo.

Garrincha nel 1962

(la foto di Garrincha di questa pagina è tratta da: http://www.dn.se/sport/fotboll/garrinchas-liv-blir-film-och-bok-1.312952)

Cronache Sportive

28 gennaio 2030

Intervista a Darwin Pastorin

Per me il calcio era allegria, poesia, metafora della vita; era il mio amato mestiere, il mio andare per il mondo a raccontare le persone, i popoli, le emozioni.

Lo studio di Darwin Pastorin è l'ultima stanza di una grande casa sulle colline torinesi, lungo il corridoio mi soffermo a guardare le prime pagine storiche dei quotidiani sportivi, mi sembra di entrare in una redazione sportiva d'altri tempi.

Darwin mi aspetta cordiale e sorridente, la nostra chiacchierata è amichevole, allo stesso tempo emozionante. I suoi aneddoti, le sue esperienze, i suoi racconti riempiono la stanza, mi riportano indietro nel tempo. Ma andiamo con ordine, prima di tutto pensiamo al presente e ai tanti anni senza calcio.

Cronache Sportive: Vent'anni senza calcio sono tanti e lo sono soprattutto per un giornalista che, come te, è stato sempre a contatto con un pallone. Sicuramente si sopravvive senza calcio, ma in realtà come si vive senza i rituali della partita di Campionato, o le emozioni di un Mondiale?

Darwin Pastorin: No, non riesco ancora oggi a superare questo vuoto... Per me il calcio era allegria, poesia, metafora della vita; era il mio amato mestiere, il mio andare per il mondo a raccontare, con la scusa del pallone, le persone, i popoli, le emozioni. Ma lo sai che c'ero anch'io in Spagna nel 1982 quando l'Italia conquistò il Mondiale, il terzo della sua storia? Il direttore di «Tuttosport», Piercesare Baretti, mi mandò a seguire il Brasile (io sono nato a San Paolo, figlio nipote e pronipote di emigranti): puoi immaginare la mia emozione! La mia prima Coppa del Mondo da inviato speciale, pochi mesi dopo aver finito il servizio militare! Ricordo la favoritissima Seleçao eliminata, al "Sarrià" di Barcellona, da tre gol di Paolo Rossi, un centravanti smilzo, dal viso scavato, ma micidiale in area di rigore. E poi la notte dell'11 luglio, quella della finale, allo stadio "Santiago Bernabeu" di Madrid: il trionfo della nostra nazionale con un netto 3-1 alla Germania Ovest (il muro di Berlino non era ancora caduto e la Germania era ancora divisa in due), la felicità del Presidente della Repubblica, il partigiano Sandro Pertini, in tribuna d'onore al fianco di Juan Carlos, il re di Spagna... Pensa: il difensore Claudio Gentile, salendo la scalinata per ricevere il trofeo, mi abbracciò.

C.S.: Immagino che avevi molti amici tra i calciatori.

D.P.: Sì, quanta commozione... Ritrovo i miei tanti amici giocatori: l'immenso Gaetano Scirea, il libero gentiluomo, il portiere numero uno per davvero Gigi Buffon, il difensore credente Nicola Legrottaglie, il centrocampista musicista Leo Junior, il campione dallo stile di gazzella Marco Tardelli, il centravanti nobile Angelo Benedicto Sormani... No, la lista è troppa lunga, meglio fermarsi... Il pallone era uno scrigno di magie, di memorie, di bellezze... Anche nei suoi momenti peggiori (gli scandali, le polemiche, i veleni), il football conservava una sua leggerezza, una sua straordinaria forza romantica... Seguiva il calcio persino il poeta crepuscolare Guido Gozzano. Ricordi? Quello delle cose che potevano essere e non sono state.

Il pallone era uno scrigno di magie, di memorie, di bellezze. Anche nei suoi momenti peggiori il football conservava una sua leggerezza, una sua straordinaria forza romantica...

C.S.: Hai iniziato a scrivere di calcio da giovane, i tuoi articoli sono stati spesso più delle narrazioni che delle cronache, anche noi per raccontare la storia del calcio abbiamo deciso di viverne gli aspetti letterari oltre che quelli di cronaca. Qual è il rapporto tra racconto, narrazione e cronaca nel calcio?

D.P.: Il calcio è letteratura, epica, mito cioè racconto. Tanti scrittori hanno narrato, nei loro versi o nei loro scritti, il pallone. Penso al mio maestro di letteratura, Giovanno Arpino: un gigante del Novecento, autore de *La suora giovane*, del 1959, romanzo elogiato da Eugenio Montale, e de *L'ombra delle colline*, premio Strega del 1964. Ad Arpino, che scoprì un impeccabile artigiano di vicende calcistiche come l'argentino Osvaldo Soriano, dobbiamo il nostro primo romanzo "dentro" il calcio: *Azzuro tenebra*, ambientato nei giorni del Mondiale tedesco del 1974, un Campionato disastroso per la nostra Nazionale. Ma potrei citare Saba, Sereni, Soldati, Pasolini, Giudici, Veronesi, Culicchia, Galeano, Handke, e ancora Soriano, Marias, Montalban e via continuando... Io mi sono sempre sentito, seguendo l'insegnamento di Arpino, un «bracconiere di tipi e personaggi», con una predilizione per gli "eroi tragici", come l'ala destra dalla gambe storte Mané Garrincha, come il portiere Moacyr Barbosa. Ho scritto *Lettera a mio figlio sul calcio* e Santiago, mio figlio, mi ha risposto con il suo *Io, il calcio e il mio papà*.

C.S.: La tua passione per il calcio ti ha portato a incontrare tanti campioni, puoi raccontarci un paio di aneddoti che ricordi?

D.P.: Voglio raccontarti di Diego Armando Maradona, un fenomeno. C'ero anch'io sull'aereo che, nel luglio del 1984, lo portava da Barcellona a Napoli: cominciava la sua avventura nella società partenopea. Arrivarono coppe e scudetti, la gente cantava "Maradò maradò maradà / pesce fritto e baccalà / 'o scudetto arriverà". Diego giocava con la maglia numero 10, era basso, tarchiato, ma con il pallone tra i piedi sembrava un angelo, segnava reti impossibili, incredibili, indimenticabili. Il suo errore fu quello di fidarsi di amici sbagliati, di farsi circondare da una improbabile corte dei miracoli: da lì le notti sbagliate, gli errori, le cadute nel vuoto esistenziale. Ma sul prato verde: irraggiungibile! Sai cosa mi disse un cronista napoletano, durante una diretta radiofonica dedicata al fuoriclasse argentino? «L'ho visto, lo giuro. Pioveva fitto al campo di allenamento di Soccavo, Maradona se ne stava lì, ad un certo punto scende una goccia più grossa delle altre. E Diego: uno-due-tre, palleggia con quella goccia». Ora: ditemi, cosa può esistere più di questa storia per definire una leggenda vivente?

C.S.: Nei tuoi articoli spesso hai scritto di Garrincha, da dove nasce il tuo amore per questo campione e per il calcio brasiliano?

D.P.: Il 18 settembre 1955 io nasco a San Paolo del Brasile e Mané Garrincha debutta nella nazionale verdeoro a Rio de Janeiro contro il Cile: un segno del destino. Garrincha, nato povero e con la poliomielite, morto solo abbandonato e ubriaco in un ospedale neurologico di Rio, fu un'ala imprendibile e imprevedibile, dotato di una finta sola, portata con la gamba sghemba, ma micidiale: vinse due Mondiali, tanti titoli con il Botafogo. Era un analfabeta, ma sapeva interpretare il linguaggio dei passerotti. Fu grande nelle sue debolezze, immenso nelle sue miserie. Gli ho dedicato la mia *Ode per Mané*, un libro denso di rimpianti e di nostalgie. Mané è la mia "saudade" per un football che, purtroppo, non esiste più: ma che continuerò a rimpiangere.

C.S.: Se dovessi rifondare il calcio e il suo mondo, e riuscire a far ripartite questa mac-

china ormai ferma da vent'anni cosa sarebbe per te necessario e imprescindibile?

D.P.: Ripartirei dalla passione, dall'entusiasmo, dall'innocenza. Meno soldi e più felicità, meno marketing e più dribbling. Il calcio deve ritornare a essere una festa popolare, la "domenica della buona gente". Restituirei alle maglie i numeri dall'1 all'11, soprattutto allontanerei i genitori quando i loro figli sono impegnati in allenamento o nelle partite! Sì, il pallone ricomincerebbe ad essere una festa continua per i nostri occhi, la nostra mente e il nostro cuore.

Meno soldi e più felicità, meno marketing e più dribbling. Il calcio deve ritornare a essere una festa popolare, la "domenica della buona gente".

Darwin e Santiago Pastorin, *Io il calcio e mio papà*, **Gallucci, Roma 2007.**

Basta prediche dei grandi! Questa volta parla Santiago: 9 anni, una passione vera per il calcio-calcio e una gran voglia di parlarne. Santiago dice la sua ai coetanei, ma anche al padre giornalista: Darwin andrà pure in tv e conoscerà tutto e tutti, ma a furia di parlare del calcio sembra quasi aver dimenticato che si tratta di un gioco, per cui bastano un pallone e un campetto. Nei giochi le regole non si discutono neppure, si applicano naturalmente: perché fanno parte del gioco stesso.

Darwin Pastorin, *Lettera a mio figlio sul calcio*, **Mondadori, Milano 2002.**

Il calcio vive di passioni – un dribbling, una finta, un gol – ma vive anche di ricordi. Ciascuno di noi ha nel cuore momenti particolari del passato: un campione, una partita, una vittoria. Per questo il gioco del calcio sembra sempre uguale, pur essendo così diverso oggi dal più o meno recente passato. Una cosa, però, non cambia mai: la passione che accomuna tutti, uomini e donne.

Maradona al suo debutto in Nazionale nel 1977

Campionato

Come ogni giorno, alle tre del pomeriggio ero in redazione, sommerso da fogli, appunti, libri e tutto quello che poteva servirmi per la mia personalissima storia del calcio.

«Alex, fai ordine nella tua scrivania! Come puoi scrivere in un caos del genere?», la voce del direttore era giunta come un urlo da dietro le mie spalle e mi aveva fatto saltare sulla sedia. «Riuscirò mai a insegnarti come lavora un vero giornalista?».

Il direttore del giornale continuava a fare il burbero come al solito, ma si capiva che era decisamente contento del mio lavoro. Il reportage piaceva ai lettori e il giornale aveva addirittura aumentato le vendite. L'intervista a Pastorin, il suo amore sconfinato per il calcio raccontato dalle sue stesse parole, aveva entusiasmato i lettori di «Cronache Sportive».

Mi immersi nuovamente nel lavoro, con una concentrazione tale da non accorgermi di essere osservato; quando sentii il suono di un pallone che rimbalzava dinanzi a me mi alzai di scatto.

Gigi prese il pallone e me lo lanciò, lo presi al volo, rischiando di far crollare la torre di libri e di schiantarmi sulla scrivania: sembravo un portiere in tuffo.

«Ma sei pazzo? Non siamo allo stadio!», quasi urlai abbrancando il pallone.

Gigi era sorridente. «Proprio di questo volevo parlarti, ho letto l'intervista a

Pastorin, e mi è balenata in testa un'idea: organizziamo un Campionato!».
«Un Campionato? Allora ho ragione, sei diventato matto. Ti ricordo che è vietato dalla legge, come pensi di fare?».
«Sul vietato dalla legge stai tranquillo: mi sono mosso con la dovuta attenzione», cominciò a parlarmi abbassando il tono della voce e guardandosi attorno, per assicurarsi che nessuno lo stesse ascoltando. «Ho stampato un centinaio di volantini per reclutare i calciatori necessari a comporre almeno quattro squadre, e ho cominciato a tappezzarci le strade della città».
«Volantini? Ti sei messo davvero a preparare dei volantini?», inutile dirlo, ero sconcertato per l'imprudenza di Gigi.
«Sì, lo so, nessuno utilizza più i volantini, ma in questo caso mi sembrava il modo più sicuro per mantenere l'anonimato. Se avessi usato Internet sarebbero potuti risalire fino a me».
«Non hai capito: non è questione di Internet o volantini, Gigi! La questione è che il calcio organizzato è illegale e tu devi lasciar perdere. Chiaro?».
Ci fu una pausa in cui nessuno dei due disse nulla, ci limitammo a fissarci negli occhi; poi la mia maledetta curiosità da giornalista prese il sopravvento. «Cosa ci hai scritto in questi volantini?», gli chiesi.
«Eccotene uno», e tirò fuori dalla tasca dei jeans un foglio di carta A4 ripiegato più volte.
«Mi hanno già contattato una decina di ragazzi come me, decisi a tutto pur di ricominciare con il calcio. Ho anche individuato il negozio dove potremmo andare a comprare delle magliette da riadattare a maglie da gioco, e tutto sommato anche trovare i nomi delle squadre non rappresenta un problema. C'è una cosa invece che mi mette veramente in difficoltà e sulla quale potresti aiutarmi, Alex», Gigi si interruppe per vedere se lo stavo ascoltando. Io d'altra parte ero senza parole: non avevo ancora nemmeno guardato il volantino di chiamata a raccolta.
«Lo sai Alex», continuò Gigi, «quasi nessuno dei ragazzi della mia età ha una conoscenza approfondita del calcio come l'ho io, anche le regole le conoscono a malapena e solo quelle basilari. Il fuorigioco, Alex. Ecco cosa mi servirebbe: un bell'articolo sul tuo giornale che spieghi per bene come funziona il fuorigioco. Io sto diventando matto a spiegarlo a tutti», e subito dopo aver finito la frase prese il pallone e andò via ridendo.
Rimasto da solo guardai il volantino che Gigi mi aveva lasciato:

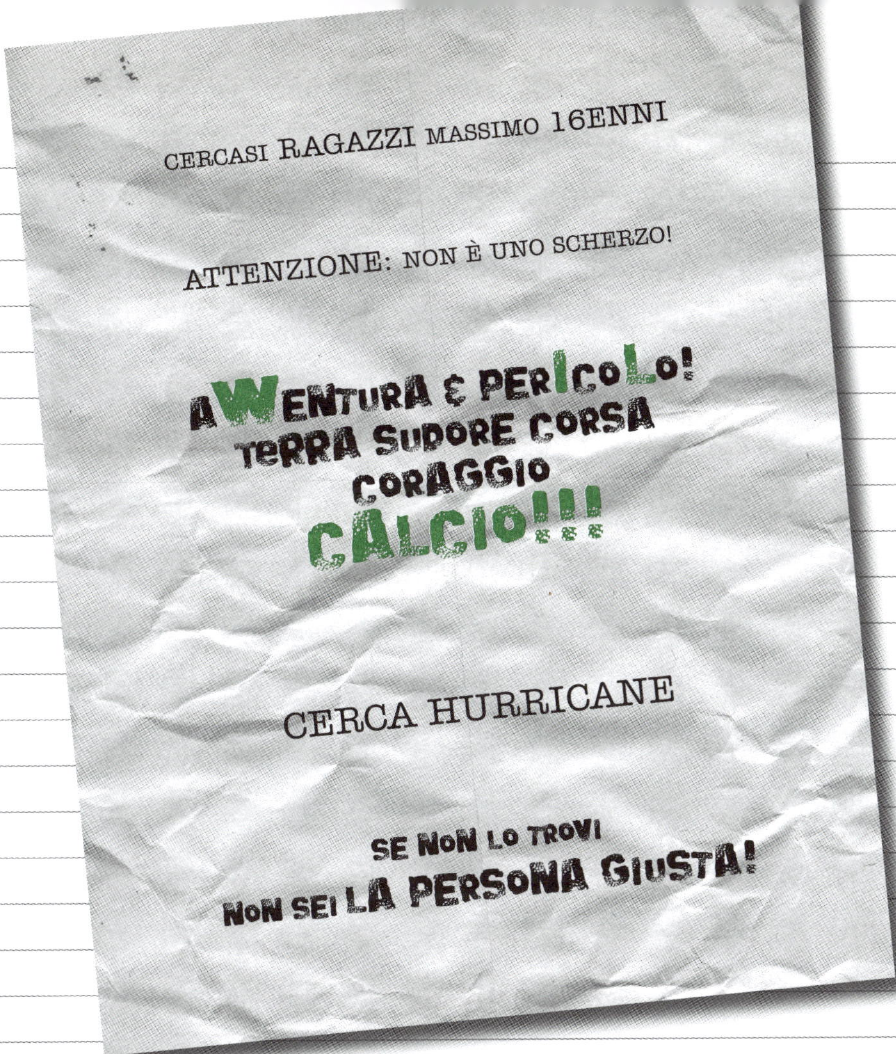

Un volantino in codice per chiamare a raccolta i partecipanti a un Campionato clandestino… certo sembrava una follia, ma forse Gigi non aveva tutti i torti, forse bisognava iniziare a pensare in grande, iniziare a provocare l'opinione pubblica. Comunque dovevo parlarci una volta per tutte con quel ragazzo, e fargli capire che non era il caso di fare il passo più lungo della gamba.

Se non altro mi era venuta un'idea per l'articolo successivo: raccontare una finale di un Campionato del Mondo, forse il momento più emozionante della carriera di un calciatore, ma anche della vita di un tifoso.

Ripresi gli appunti sui Mondiali, e scorrendoli mi soffermai su una partita decisamente particolare, la finale del 1954 tra Ungheria e Germania, una sfida che gli ungheresi pensavano di aver già vinto, prima ancora di entrare in campo.

Quella partita rappresentò lo scontro tra due modi di interpretare il calcio, ma soprattutto di interpretare la vita sociale di un paese.

Un Campionato, una competizione mette in gioco molto più di ciò che normalmente pensiamo, chissà cosa ne avrebbe detto Gigi.

Giovanni Arpino, *Azzurro tenebra*, **Spoon river, Torino 2007.**
Giovanni Arpino dedicò questo libro alla disfatta della Nazionale italiana durante i Mondiali del 1974. Diventato un oggetto di culto, pressoché introvabile, Azzurro Tenebra è in primis un grande romanzo sportivo, ma è anche un'allegoria dell'Italia disastrata di quel periodo e una meditazione amara, malinconica eppure ilare sull'uomo che per vivere, soprattutto per non perdere la sua umanità e la speranza, deve sempre sfidare se stesso.

Mario Soldati, *Ah! Il mundial*, **Sellerio, Palermo 2008.**
Ai mondiali del 1982 Mario Soldati andò quasi per caso, inviato da Alberto Cavallari, allora direttore del Corriere della Sera. Soldati si ritrovò così a 75 anni nella veste inedita di corrispondente sportivo. Fu un mese indimenticabile, per lui e per i lettori del quotidiano. Soldati segue con ardore le guizzanti manovre degli azzurri, smania perché un soffio di fortuna aiuti il pallone a entrare in porta, urla di rabbia: da commentatore distaccato diventa infine un "esperto".

1954

Germania – Ungheria

L'Ungheria era davvero una squadra fortissima, una delle più forti nella storia del calcio e negli anni precedenti aveva vinto tutto ciò che c'era da vincere.

La FIFA, la Federazione internazionale del calcio, nacque a Parigi nel 1904 e da subito la sua sede fu a Zurigo, in Svizzera. Nel 1954, per festeggiare i 50 anni della Federazione, i Mondiali si svolsero proprio nel Paese elvetico. Fu un Campionato a 16 squadre, il primo a essere trasmesso in televisione. Per l'Italia fu una delusione, visto che la squadra non superò il girone eliminatorio, sconfitta proprio dai padroni di casa.

Per la prima volta dopo la seconda guerra Mondiale fece la sua apparizione la Germania Ovest; ma la squadra favorita era l'Ungheria di Puskás: nel girone eliminatorio aveva schiantato gli avversari, tedeschi compresi, segnando ben 17 reti e subendone solo 3; nei quarti e nelle semifinali aveva eliminato Brasile e Uruguay (le squadre che avevano dato vita alla finale dei Campionati del 1950) con un doppio 4 a 2.

L'Ungheria era davvero una squadra fortissima, una delle più forti della storia del calcio Mondiale e negli anni precedenti il Campionato del Mondo aveva vinto tutto ciò che c'era da vincere, contro ogni avversario: nel 1952 si era aggiudicata a suon di gol le Olimpiadi, nel 1953 aveva vinto la Coppa Internazionale (competizione che poi avrebbe cambiato nome in Campionati Europei di calcio) e soprattutto aveva umiliato la Nazionale inglese sconfiggendola due volte.

Immaginate che gli inglesi, in quanto inventori del calcio, ritenevano la loro squadra così superiore alle altre da non farla nemmeno partecipare ai Mondiali; e la prima partita contro l'Ungheria doveva essere solo un'esibizione per festeggiare i novant'anni della Football Association. Perdere in casa 6 a 3 non fu una bella festa. La rivincita, immediatamente chiesta dagli inglesi, andò ancora peggio: 7 a 1 per l'Ungheria.

La geniale invenzione del CT ungherese fu quella di schierare l'attaccante Hidegkuti nel ruolo, a quei tempi quasi sconosciuto, di trequartista dietro le due punte Kocsis e Puskás, formando così un tridente d'attacco tra i più forti di tutti i tempi. Puskás aveva un sinistro esplosivo e una grande intuizione, doti grazie alle quali riuscì a segnare 84 gol in 83 partite con la Nazionale: una media gol da record!

Nella finale Mondiale l'Ungheria si ritrovò davanti la Germania Ovest che aveva già battuto 8 a 3 nel primo turno. Forse proprio per questo motivo i giocatori magiari pensarono di avere già vinto: ma quest'atteggiamento spesso tradisce chi scende in campo, porta alla presunzione e ad affrontare l'impegno in modo superficiale. Quest'approccio alla partita non piacque a nessuno, né ai tifosi né alla dirigenza, che considerava quella partita uno scontro tra due modi di vedere il mondo.

In un momento storico in cui la cortina di ferro rendeva i rapporti tra est ed ovest molto tesi, la finale dei Campionati del Mondo rappresentava il confronto tra il capitalismo occidentale ed il socialismo filo-sovietico presente in Ungheria.

La Germania doveva dimostrare di essere un Paese diverso, nuovo, dopo il regime nazista e la Seconda Guerra Mondiale. I giocatori entrarono in campo carichi oltre ogni limite, e nelle cronache successive al Mondiale qualcuno ipotizzò persino l'uso di pratiche mediche non del tutto lecite.

A macchiare quello che in Germania viene chiamato "Il miracolo di Berna" c'è il sospetto che i calciatori tedeschi fossero stati dopati dal personale medico della Nazionale, deciso a vincere a ogni costo.

Comunque la partita iniziò con gli ungheresi già in vantaggio di due gol dopo otto minuti, con reti di Puskás e Czibor. Tutto sembrava rispettare il copione atteso, ma prima del riposo Morlock e poi Rahn portarono i tedeschi in parità.

A questo punto la gara si trasformò, gli ungheresi non riuscirono a segnare nonostante le incursioni di Puskás e compagni, il portiere della Germania giocò forse la miglior partita di tutta la sua carriera e furono i tedeschi ad avere la meglio, con il gol di Rahn, che a sei minuti dalla fine firmò la sua doppietta e regalò la Coppa del Mondo alla Germania Ovest.

Pensando alla forza della Germania Ovest dagli anni settanta in poi, una vittoria potrebbe sembrare naturale, in realtà la vittoria dei tedeschi fu all'epoca un risultato assolutamente inaspettato, forse difficilmente ripetibile in tutta la storia del calcio. A macchiare quello che in Germania viene chiamato "Il miracolo di Berna" (dal nome della città dove fu giocata la finale), c'è il sospetto – come dicevamo – che i calciatori tedeschi fossero stati dopati prima della finale dal personale medico della Nazionale, deciso a vincere ad ogni costo. Non esiste una prova schiacciante in questo senso, ma il fatto che due settimane dopo la partita tutta la squadra avesse avuto bisogno di un ricovero ospedaliero per curare una "misteriosa epatite" alimentò molti sospetti.

Fatto sta che la vittoria in campo fu piena e negli annali rimane alla compagine tedesca, anche se nella memoria resta l'impresa della squadra magiara: gli ungheresi furono fermati a un passo da un sogno, e il loro attacco stellare formato da Puskás, Hidekguti, Kocsis, Budai e Czibor ancora oggi forse non ha avuto eguali.

Quella sconfitta modificò le vite dei giocatori, additati quasi come traditori della patria. La squadra, dopo il Mondiale, si scontrò con una situazione sociale decisamente difficile. Basti pensare che Puskás non giocò per un paio d'anni e fuggì dall'Ungheria dopo la repressione nel sangue della Rivoluzione del 1956 contro il regime filo-sovietico. Si rifugiò poi in Spagna, dove fece sognare i tifosi del Real Madrid, contribuendo con i suoi 157 gol al grande ciclo di vittorie di 6 scudetti e 3 Coppe dei Campioni. Ma questa è un'altra storia, un altro sogno.

Puskás non giocò per un paio d'anni, fuggì dall'Ungheria e si rifugiò in Spagna, dove fece sognare i tifosi del Real Madrid.

Salvati dal calcio

L'articolo dedicato alla finale del 1954 ebbe un grande successo: le mail arrivavano in redazione e molti lettori si mostravano interessati a questo modo di raccontare il calcio.

In fondo stavo dando voce a storie di uomini, ai loro pregi e difetti, fortune e sfortune. Vite reali che si trasformavano nel tempo.

Iniziai a riflettere proprio su questo: quanto il calcio aveva trasformato gli uomini, quanti si erano persi e quanti invece si erano salvati grazie ad esso?

La storia era piena di giocatori famosi che non erano riusciti a sopravvivere al successo, dal grande Diego Armando Maradona con le sue storie di droga al mito inglese George Best, perso tra alcool e sregolatezza.

Lo stesso Garrincha aveva terminato i suoi giorni povero e solo, e non mancavano esempi più vicini, di giocatori che avevano ceduto alle sirene della cocaina, e da superuomini erano diventati semplicemente uomini in difficoltà.

Altre volte invece il calcio aveva trasformato uomini privi di poteri in supereroi, li aveva salvati da una vita difficile, in questo sport avevano trovato la forza per credere in se stessi.

Avevo bisogno di informazioni... pensai di mandare una mail a Darwin.

Da: Alex
Oggetto: SALVATI DAL CALCIO
Data: 13 Febbraio 2030 12.36.12 GMT+01.00
A: Darwin Pastorin

Caro Darwin, le mie ricerche sul calcio continuano quotidianamente, e mi rendo conto sempre di più di come il calcio fosse legato alla vita quotidiana degli uomini e di quanto, in molti casi, fosse una degna metafora della vita stessa.
Forse per questo sono molte le storie negative che ho trovato, ora sono alla ricerca d'altro, di uomini salvati dal calcio.
Puoi aiutarmi?
Un caro saluto
Alex

Da: Darwin Pastorin
Oggetto: Re: SALVATI DAL CALCIO
Data: 18 Febbraio 2030 18.42.23 GMT+01.00
A: Alex

Caro Alex,
intanto volevo ancora ringraziarti per il lavoro che stai svolgendo, è bello che qualcuno provi dopo tanto tempo a parlare di calcio. Sono anche molto contento dell'intervista, l'ho letta e devo dire che è venuta davvero bene.
Ma passiamo ad altro, certamente riesco ad aiutarti, ho messo un po' in moto i ricordi e fatto qualche ricerca.
Nel 2009 mi occupai di un Campionato decisamente speciale, quello degli homeless, i senza casa nel mondo. La Homeless World Cup era un torneo di livello Mondiale che attraverso il calcio incoraggiava le persone senza dimora a cambiare la loro vita.
Le squadre erano divise per nazioni, ma non era necessario essere nati in quello stato per farne parte, bastava soggiornarvi, anche senza una casa, vivere in un campo o dentro un'automobile.
Sino a quell'anno, si erano svolte sette edizioni della competizione e l'Italia aveva vinto nel 2004 e 2005; nel 2009 aveva ospitato la manifestazione, vinta poi dall'Ucraina.
Se vuoi sapere di più di questo strano calcio a quattro, che si giocava in strada, in partite da sette minuti a tempo, prova a vedere l'articolo che ti ho allegato.
Per trovarlo ho usato il motore di ricerca empatico: ricordavo di un allenatore particolare, un polacco che si era stabilito in Italia a fine secolo scorso e che nei primi anni del 2000 aveva creduto nello sport come strumento per superare la povertà, le privazioni, la miseria della vita dei tanti che come lui erano arrivati nel nostro paese in cerca di lavoro.
Si tratta di Bogdan Kwappik, il presidente della Nuova Multietnica (un'associazione nata per difendere i diritti degli emarginati e delle minoranze), che divenne il coach della nazionale italiana homeless Campione del Mondo.
Leggi l'intervista che aveva rilasciato proprio poco prima dei Mondiali del 2009: la Nazionale italiana degli Homeless aveva deciso di allenarsi in Abruzzo, lì dove pochi mesi prima un terremoto aveva reso senza casa centinaia di persone.
Fammi sapere cosa ne pensi,
un caro saluto e buon calcio
Darwin

Allegato: Da "Vita.it" del 05/09/2009

Gli ultimi acquisti del calciomercato italiano, quest'anno, si fanno in Abruzzo. È qui che la nazionale italiana senza tetto sta selezionando quattro giocatori che debutteranno domenica 6 settembre nella Homeless World Cup, a Milano.
«Abbiamo scelto di fare il nostro ritiro in Abruzzo, proprio per creare un legame tra chi conosce da anni la condizione di homeless e chi ci è stato catapultato da pochi mesi e sta cercando di ricostruire il proprio mondo», spiega Bogdan Kwappik, polacco, in Italia dal 1993 e allenatore della nostra nazionale.
Nata nel 2003 la Homeless World Cup si gioca quest'anno a Milano, con finale prevista per domenica 13 settembre. Ci sono buone speranze che l'Italia ci arrivi: la nostra nazionale infatti è tra le più forti al mondo e ha già vinto due Mondiali.
Sotto le 35 tende allestite dalla Croce Rossa Italiana arriveranno circa 500 giocatori, provenienti da 48 nazioni. Una competizione calcistica che va ben oltre il folclore ma che, come dimostrano gli annuali report post competizione, ha un impatto molto significativo sulla vita dei calciatori.
L'ultima ricerca disponibile ad esempio, effettuata dopo il torneo di Copenhagen 2007, testimonia come su 381 partecipanti ben 110 abbiano trovato un impiego, 118 abbandonato la dipendenza da alcool e droghe e 122 intrapreso un percorso d'istruzione.
In tanti indicano l'esperienza di Homeless World Cup come una grande possibilità, «ha realmente cambiato la mia vita», racconta Brad Stone, in forza alla nazionale canadese. Dalla selezione irlandese Dermot Haverty spiega come ora si senta più sicuro perchè «mi ha aiutato a mettere insieme la mia vita», a cui fa eco dalla selecion portoghese Joao Semedo «per la prima volta mi sento portoghese e cittadino».
Ma come si spiega questo grande risultato prima di tutto umano? A questa e ad altre curiosità ha provato a rispondere a Vita.it il commissario tecnico della nazionale italiana, il polacco Bogdan Kwappik.
Vita: Mister perché avete deciso di andare all'Aquila?
Bogdan Kwappik: È un'idea che ci è venuta dopo il terremoto. Abbiamo deciso di venire qui perché nonostante non abbiamo vissuto il terremoto conosciamo bene il dramma di non avere una casa. Siamo venuti per essere vicino a questa gente ma l'abbiamo

fatto solo ora per non sembrare opportunisti. Abbiamo aspettato che si spegnessero i riflettori in modo che non sembrasse una speculazione.

V.: Cosa resterà a Milano e all'Aquila dopo questi Mondiali?

B.: Abbiamo portato un progetto. Abbiamo parlato con Lattanzi, assessore dello sport dell'Aquila. Dopo i Mondiali abbiamo pensato che si potrebbe spedire uno dei due campi da streetsoccer di Milano all'Aquila e istituire un centro per i ritiri annuali in Abruzzo. Inoltre sarebbe il primo passo per l'istituzione del Campionato homeless italiano.

V.: Siete i favoriti. Come sta la squadra?

B.: A parte la sfortuna per l'infortunio del nostro portiere titolare, un ragazzo curdo siriano, la squadra è a posto. Il sostituto comunque, peruviano, è sicuramente all'altezza.

V.: I punti di forza?

B.: Abbiamo molti buoni giocatori a partire dal nostro capitano, Angelo. Abbiamo un forte aquilano senegalese di diciassette anni Diome, che ha le carte per essere il capocannoniere del torneo e Patrik anche lui di colore molto promettente.

Di sicuro però, può sembrare retorico ma non lo è, la marcia in più la dà il gruppo nonostante la multiculturalità.

V.: Ma ci sarà una stella?

B.: Beh, c'è Alessio, un ragazzo particolarmente promettente, ha solo sedici anni ma può diventare veramente forte.

V.: Le ricerche effettuate dagli organizzatori dicono che il 70% dei partecipanti dopo i tornei cambia vita. C'è un motivo?

B.: Più di uno: le regole, la strada insieme e l'obbiettivo. Lavoriamo insieme e abbiamo delle regole che rimangono anche dopo. Il rapporto tra i giocatori e me e il mio staff, basato sul rispetto, serve per fargli capire come devono comportarsi con gli altri. Sopratutto però è fondamentale l'avere una meta a cui puntare che significa dare un senso alla propria esistenza e cominciare a realizzarsi e sentirsi appagati.

Da: Alex
Oggetto: Re: Re: SALVATI DAL CALCIO
Data: 22 Febbraio 2030 11.46.09 GMT+01.00
A: Darwin Pastorin

Caro Darwin,
grazie per le informazioni, mi sembra un esempio eccellente di uomini salvati dal calcio.
Pensavo anche di aggiungere qualcosa da un altro punto di vista, magari legato al vissuto dei calciatori quando smettono di giocare. Molti lettori mi hanno mandato delle mail quasi amareggiati dalla fine drammatica di Garrincha: in tanti credono che tutti i calciatori fossero degli esseri baciati dalla fortuna e non pensano che in fondo erano uomini come gli altri, con i problemi e le debolezze di ogni essere umano. Ho sentito parlare di un paio di squadre come il Barcellona in Spagna e il Verona in Italia, che avevano creato delle associazioni per aiutare gli ex-calciatori caduti in disgrazia. Ne sai qualcosa?
Grazie e a presto
Alex

Da: Darwin Pastorin
Oggetto: Re: Re: Re: SALVATI DAL CALCIO
Data: 25 Febbraio 2030 20.18.18 GMT+01.00
A: Alex

Caro Alex,
vedo che ti stai appassionando proprio a tutte quelle storie che vivevano intorno al calcio. Ne sono contento, anch'io mi divertivo parecchio a raccontare quel tipo di esperienze.
Sono d'accordo con te, nei confronti dei calciatori spesso le valutazioni sono frutto di pregiudizi e superficialità, non considerando che per ogni calciatore che aveva raggiunto il successo, la ricchezza e la popolarità, ce n'erano decine che terminavano la propria carriera senza alcuna ricchezza e senza grandi prospettive future. In un mio vecchio file di inizio 2010 ho trovato un po' di informazioni sulle associazioni di cui parlavi, te lo allego.
Buona lettura, chiamami se hai bisogno.
Darwin.

Lessi con passione le note di Darwin, e preparai un breve editoriale per il mio reportage.

Elizabeth Laird, *Un piccolo pezzo di terra*, **Feltrinelli, Milano 2004.**
Il protagonista Karim ha dodici anni e vive a Ramallah, in Palestina. Lui e i suoi amici vivono la dura quotidianeità dell'occupazione, ma hanno anche sogni da ragazzini: vorrebbero trovare un pezzo di terra al riparo dai soldati israeliani dove giocare a pallone. Travolti dall'Intifada, Karim e i suoi amici diventeranno grandi confrontandosi con la rabbia, l'odio, l'umiliazione a cui contrapporranno amicizia, coraggio e dignità.

Stefano Benni, *La Compagnia dei Celestini*, **Feltrinelli, Milano 2003.**
Un'oscura e crudele profezia che appare sui muri, scritta da una mano invisibile, incombe sulla ricca e corrotta terra di Gladonia. Memorino, Lucifero a Alì, gli spiriti più ribelli dell'orfanotrofio dei Celestini, fuggono per poter rappresentare Gladonia al Campionato Mondiale di Pallastrada, organizzato dal Grande Bastardo in persona, protettore degli orfani di tutto il mondo.

Cronache Sportive
27 febbraio 2030

Poveri calciatori

L'opinione diffusa è che chi ha giocato a calcio da professionista non debba mai avere dei problemi. Però la vita delle volte gioca brutti scherzi.

Piccole e grandi tragedie si sono consumate dietro a un pallone, povertà e abbandono che si sostituivano alla popolarità e al successo. Un mondo, quello del calcio, che inseguiva quotidianamente il denaro lasciando indietro i propri eroi, dimenticando su un marciapiede chi non aveva la forza, il carattere o la fortuna di reagire alle avversità. Il calcio era diventato una metafora concreta della vita e della società.

Il motto di una delle più grandi società calcistiche al mondo, il Barcellona, era "Mas que un club", "Più di un club". Decisamente molto più di un club, visto l'impegno della società nel curare e supportare la vita dei propri calciatori, e per vita non intendo solo il loro ruolo in campo, ma anche tutto ciò che accadeva fuori dallo stadio. Ed era un impegno senza età, se pensiamo alla storia di Messi, giovane e gracile campione argentino cresciuto nelle giovanili del Barcellona e aiutato sia per la sua salute che dal punto di vista economico e sociale. Ma, dicevo, senza età, perché forse il Barcellona era una delle poche squadre al mondo che rispettava le radici, l'attaccamento al passato, l'attenzione ai suoi vecchi campioni, magari caduti in disgrazia o in povertà. Proprio per questo aveva fondato un'associazione impegnata nella raccolta di fondi per gli ex giocatori.

Quasi mai in giro per il mondo e nei giornali sportivi si parlava di tutto ciò, ma stranamente ho trovato tanto materiale proprio in Italia, perché poco prima dei tragici eventi che portarono allo "stop al calcio", qualcuno aveva ancora voglia di invertire la rotta e, come a Barcellona, anche a Verona era stata fondata un'associazione per ex giocatori in condizioni di indigenza, o con problemi di salute.

Tutto questo grazie ad alcuni promotori d'eccezione, come Franco Nanni, grande terzino dell'Hellas Verona degli anni '70 e Osvaldo Bagnoli, l'allenatore che portò allo scudetto il Verona nel 1985.

Messi, giovane e gracile campione argentino, è cresciuto nelle giovanili del Barcellona ed è stato aiutato dal club sia per la sua salute che dal punto di vista economico e sociale.

La storia del Barcellona e quella del Verona si intrecciavano in una rete di solidarietà, stima e rispetto per il passato.

Ho trovato tante interviste di quei giorni. Bagnoli raccontava che «l'idea l'ha avuta Franco Nanni, la moglie è spagnola, originaria della Catalogna. Franco ha conosciuto gli ex del Barcellona e l'associazione guidata da Ramon Alfonseda, e ha proposto la stessa attività per gli ex del Verona, e così è nata questa iniziativa».

Le riflessioni di Bagnoli continuavano: «L'opinione diffusa è che chi ha giocato a calcio da professionista non debba mai avere dei problemi. Però la vita delle volte gioca brutti scherzi. Giochi fino ai 35 anni, poi cambia tutto. E qualcuno sbaglia strada. In più, dato che sei un volto noto, ci sono anche persone che ti si avvicinano furbescamente, con il solo scopo di approfittarne, che sfilano quattrini. E succede di ritrovarsi in difficoltà, e magari proprio perché sei famoso non hai il coraggio di chiedere aiuto».

Forse era un seme, quello piantato a Barcellona e Verona, che doveva essere innaffiato e curato. E dopo vent'anni può essere ancora un esempio, uno spunto di riflessione.

Calcio e solidarietà

L'assistenza ai calciatori caduti in disgrazia era solo un esempio dei progetti benefici messi in moto dal mondo del calcio.

Le mie ricerche mi avevano fatto scoprire molte altre storie di impegno e partecipazione, e a questo punto volevo andare più a fondo.

Da: Alex
Oggetto: CALCIO E SOLIDARIETà
Data: 1 Marzo 2030 09.55.12 GMT+01.00
A: Darwin Pastorin

Caro Darwin,
che ne pensi del breve editoriale sull'esperienza degli ex calciatori? Ti è piaciuto? Ora pensavo di completare questo viaggio tra le storie positive del calcio parlando di calciatori e solidarietà. Ho scoperto che alcuni grandi campioni, grazie alla loro popolarità e alla disponibilità economica, si erano messi a disposizione degli "altri", attivando dei percorsi di aiuto per i più deboli. Penso a Ciro Ferrara e Fabio Cannavaro con la loro Fondazione per i quartieri disagiati di Napoli, a Rino Gattuso con le attività nel proprio paese di origine in Calabria, a Javier Zanetti per i bambini argentini e del mondo, a Francesco Totti con la sua scuola calcio anche per ragazzi con problemi psico/fisici.
Hai notizie? Un abbraccio
Alex

Da: Darwin Pastorin
Oggetto: CALCIO E SOLIDARIETà
Data: 4 Marzo 2030 19.22.22 GMT+01.00
A: Alex

Caro Alex,
non ho molto materiale su calcio e solidarietà, le uniche cose che ho trovato sono delle schede che avevo conservato nel mio archivio, magari possono esserti d'aiuto.
Le allego alla mail, così puoi dare un'occhiata.
Però in un'altra cosa posso esserti utile, se lo desideri sono ancora in grado di contattare i giocatori, magari li puoi invitare in redazione per una chiacchierata.
A presto
Darwin

Allegati: Progetti di solidarietà

Allegato 1: La scuola calcio di Francesco Totti

L'Axa Calcio (www.axacalcio.com) è la scuola calcio voluta da Francesco Totti, e vanta già oltre quattrocento atleti iscritti di età compresa tra i 5 ed i 12 anni, divisi per un totale di ventisei gruppi di lavoro.

Il progetto cura gli aspetti formativi dei giovani, trasmettendo i messaggi fondamentali dello sport, sia morali (lealtà, rispetto degli avversari, rispetto dell'arbitro, accettazione del risultato) che caratteriali (coraggio, spirito di sacrificio, disponibilità verso gli altri, modestia, desiderio di crescere), indispensabili per una corretta formazione e una sana crescita. Allo stesso tempo si cerca di evidenziare la differenza che deve esserci tra il calcio dei grandi e quello dei bambini, che necessita di grandi attenzioni dentro e soprattutto fuori dal campo. Alle attività ordinarie della scuola calcio si affiancano alcuni progetti "speciali", più strettamente caratterizzati da finalità sociali.

Il progetto "Diamo un calcio alla disabilità" è aperto a bambini/ragazzi diversamente abili. Attualmente sono attivi tre gruppi che coprono la fascia d'età della scuola elementare, delle medie e delle superiori, con alcuni ragazzi over 18.

Gli allenamenti si effettuano il sabato mattina e ogni quindici giorni vedono la partecipazione dei bambini normodotati della scuola calcio nell'ottica dell'integrazione e della condivisione di una attività ludico-educativa.

Il progetto ha tra i suoi obiettivi il gioco del calcio e il divertimento, ma anche, se non soprattutto, la crescita in autonomia personale e sociale.

Il progetto "Diritti in gioco", attivato dalla cooperativa di commercio equosolidale Commercio Alternativo, consiste in un innovativo intervento nel settore della produzione di palloni in Pakistan, attraverso il quale si vogliono migliorare le condizioni di lavoro e di vita della popolazione locale.

La produzione dei palloni è certificata da Fairtrade - Transfair Italia secondo i propri standard etici, ma il progetto vuole andare oltre puntando a rafforzare strategicamente il ruolo del sindacato e a migliorare le capacità dei lavoratori stessi.

La scelta del contesto in cui intervenire è stata così quella del famoso distretto di Sialkot in Pakistan. Qui vengono infatti

prodotti circa il 70% di tutti i palloni da calcio del mondo!
A questo proposito l'intervento della Scuola Calcio Francesco Totti, attraverso l'acquisto dei palloni per l'allenamento dei propri atleti, sta avendo un ruolo fondamentale nel sostegno e nello sviluppo di tale progetto. Ed è attraverso la propria fiducia e il proprio impegno che la Scuola Calcio Francesco Totti sta contribuendo in maniera significativa alla realizzazione di importanti attività formative e di solidarietà a favore dei lavoratori, di donne, e di bambini di alcuni villaggi a Sialkot in Pakistan.

Allegato 2: La fondazione Pupi di Javier Zanetti

Javier e Paula Zanetti hanno deciso di istituire la loro Fondazione allo scopo di coinvolgere in modo organico tutta la società e di dare il loro sostegno a favore di un'area estremamente povera dell'Argentina.

Con la Fondazione Pupi (www.fondazionepupi.org), i coniugi Zanetti hanno creato uno spazio dove i bambini socialmente più svantaggiati e diversamente abili ricevono, fin dalla prima infanzia, le attenzioni e l'istruzione necessarie in ogni momento della loro vita.

La realizzazione di questo apparato di solidarietà si basa sulla convinzione che l'insieme degli sforzi delle singole persone può dare origine a un contributo costante e consistente per cercare di risolvere i problemi e, allo stesso tempo, per tentare di porre rimedio alla mancanza di partecipazione da parte dello Stato e all'indifferenza che caratterizza la nostra società moderna.

È risaputo che, in tempi di crisi come quello che stiamo vivendo, il "si salvi chi può" e gli atteggiamenti individualistici sono risposte create dalla società per difendersi, ma esse portano invece al deterioramento di quei legami di solidarietà, che invece dovrebbero essere il vero sostegno del tessuto sociale.

«Quando mi guardo indietro, e penso ai primi anni della mia vita, mi vengono in mente tante immagini, sia belle che brutte. Ho avuto un'infanzia difficile, e anche se oggi non vivo nel mio paese, conosco profondamente la situazione che sta attraversando e l'effetto che questo ha sui bambini più poveri. Ho sempre pensato che ognuno di noi debba darsi da fare e considerare che ha una certa responsabilità sociale all'interno della sua comunità; per questo si deve cercare di mettere tutto il proprio impegno e fare più sforzi possibili per raggiungere un obiettivo comune, proprio come si fa in una squadra di calcio. Da questa convinzione è nata l'idea di costituire una Fondazione che, raccogliendo aiuti, potesse mirare principalmente a soddisfare bisogni fondamentali come l'alimentazione, l'educazione, l'igiene e la cura dei bambini e di conseguenza aiutare le loro famiglie e la comunità in cui essi vivono». *Javier Zanetti*

Allegato 3: la Fondazione "Forza Ragazzi" di Rino Gattuso

La fondazione Forza Ragazzi è nata con l'intento di aiutare «i ragazzi meno fortunati di me, che a mille chilometri di distanza da dove vivo, ma solo a centinaia di metri da dove sono nato, devono confrontarsi ogni giorno con le difficoltà e i problemi di chi vive in Calabria», secondo le parole del suo fondatore Rino Gattuso.

La Fondazione ha già realizzato la costruzione di una oratorio/ scuola calcio e di un campo sportivo a Corigliano Calabro.

L'impianto, che può contenere mille spettatori ed è fornito di un manto erboso sintetico, è stato costruito a Schiavonea, la zona marittima di Corigliano. Questa zona della Calabria è particolarmente povera e il tasso di disoccupazione giovanile è altissimo. Quattro gli obiettivi specifici del progetto:

1. "Lo sport a colori" - Integrazione dei cittadini stranieri e degli autoctoni attraverso la nascita di una squadra di calcio mista.
2. "Sport anch'io" - Integrazione dei ragazzi disabili grazie allo sport.
3. "Lo sport a scuola/la scuola nello sport" - Azione di informazione e laboratori nelle scuole.
4. "Pirì Pirì Pippì chi vuol giocare venisse qui" - Partecipazione dei giovani alle attività sportive che verranno realizzate nel campo.

La famiglia Gattuso ha inoltre avviato sempre a Schiavonea di Corigliano Calabro, paese dove è nato Rino, un'azienda di molluschi. Il nome dell'azienda è "Gattuso & Catapano" ed è destinata alla depurazione e all'allevamento dei molluschi, un'attività industriale che in maniera concreta contribuisce a dare sollievo alla disoccupazione, che rappresenta un problema atavico per Corigliano e per tutto il comprensorio.

«Con la Fondazione abbiamo ottenuto risultati di grande rilievo aiutando le persone disagiate», ha spiegato Gattuso il giorno dell'inaugurazione. «Adesso a questo insostituibile strumento di solidarietà, abbiamo deciso di affiancare un'attività commerciale che dia lavoro, così da stimolare il tessuto economico del comprensorio».

Allegato 4: La Fondazione Cannavaro Ferrara

La Fondazione Cannavaro Ferrara (www.fondazionecannavaroferrara.it) è nata nel maggio del 2005 dalla volontà dei due calciatori partenopei, Fabio Cannavaro e Ciro Ferrara, di portare un aiuto concreto alla loro città d'origine.

Lontani da Napoli a causa della professione, i due campioni hanno dato concretezza al desiderio di essere vicini alla gente non solo con il cuore, ma scendendo in campo a loro favore.

La Fondazione Cannavaro Ferrara vuole dunque essere un punto di riferimento sul territorio napoletano per tutti i bambini e minori che vivono situazioni di particolare difficoltà, disagio sociale ed emarginazione.

L'obiettivo è quello di fornire loro delle concrete opportunità di riscatto e di benessere, attraverso il sostegno a progetti e azioni in campo socio-sanitario, formativo, ludico-sportivo.

La Fondazione opera sul territorio principalmente attraverso partner locali quali Istituzioni, Onlus, parrocchie e istituti religiosi con finalità educative, formative e sociali.

I progetti sostenuti dalla Fondazione Cannavaro Ferrara sono elaborati dagli stessi beneficiari attraverso un processo partecipativo e collaborativo con la Fondazione e sono volti a soddisfare i bisogni di tutti i minori che vivono situazioni di particolare difficoltà, disagio sociale ed emarginazione.

Grazie a Darwin riuscii a contattare alcuni fra i grandi campioni di un tempo e organizzare con loro un forum da pubblicare nel giornale.

Campioni in redazione!

Quel lunedì mattina per me era un giorno particolare: due dei più grandi calciatori italiani sarebbero venuti in redazione per dare vita a un forum sugli impegni di solidarietà che avevano intrapreso più di venti anni prima e che, fortunatamente, portavano ancora avanti. Avevamo preparato la sala riunioni per accoglierli e un collegamento live sul nostro sito per permettere ai lettori di «Cronache Sportive» di seguire l'evento in diretta. Tutto era pronto, insomma. Tutto tranne me, che avrei dovuto dirigere l'incontro: ero così emozionato all'idea di trovarmeli di fronte da riuscire a malapena a parlare. In pratica ero tornato ad essere un ragazzino!

Alle 11 precise, puntualissimi, arrivarono in redazione Fabio Cannavaro e Javier Zanetti. Dopo un breve benvenuto, presero posto e l'intervista iniziò.

Fu un incontro bellissimo. Migliaia di mail indirizzate ai campioni erano arrivate durante il forum da ogni parte d'Italia e d'Europa. Tantissime domande, curiosità, complimenti: per qualche ora sembrò di essere tornati indietro nel tempo!

Cronache Sportive

12 marzo 2030

Campioni di solidarietà

A colloquio con Fabio Cannavaro e Javier Zanetti, ex avversari in campo, uniti nell'impegno per l'infanzia.

Cari lettori di «Cronache Sportive», ieri abbiamo ospitato in redazione due grandi calciatori che hanno saputo coniugare il successo sportivo con la solidarietà. Molti di voi hanno seguito live *l'incontro sul nostro sito, per chi lo ha perso pubblichiamo un breve stralcio dell'intervista. Come sempre... Buona lettura!*

Cronache Sportive: Perché venti anni fa ha deciso di dare vita a questo progetto di solidarietà? In che modo calcio e solidarietà si legano tra loro?

Javier Zanetti: Venti anni fa ho avuto una lunga conversazione con Leonardo, allora giocatore del Milan. Lui aveva una fondazione in Brasile molto completa... mi è piaciuto tanto il suo progetto e ho cercato qualcosa di simile nel mio Paese... l'Argentina. Non ho trovato quello che cercavo, allora ho preso la responsabilità di costruirlo... Abbiamo iniziato a lavorare a Buenos Aires nel dicembre 2001, giusto in una delle peggiori crisi dell'Argentina. E abbiamo continuato il nostro lavoro approfittando di tutte le porte che, grazie allo sport, si aprono. Noi crediamo che attraverso lo sport, si può aiutare a cambiare le piccole realtà.

Fabio Cannavaro: Io e Ciro Ferrara nel 2005 giocavamo insieme nella Juventus. Stando lontani da Napoli, abbiamo sentito l'esigenza di fare qualcosa che ci facesse sentire vicini e presenti nella nostra città. Così decidemmo di dare vita alla "Fondazione Cannavaro Ferrara" per sostenere progetti a favore dei minori a rischio che vivevano sul territorio napoletano.
Nel mio caso il calcio si collegava strettamente con la solidarietà. Siccome dal calcio avevo avuto tanto, per me fu naturale cercare di restituire in qualche modo al territorio almeno un po' del bene che avevo ricevuto. Questo aveva un solo nome: responsabilità sociale.

C.S.: Il calcio è bandito da ormai 20 anni. Cosa crede che abbia perso il mondo, facendo questa scelta estrema?

F.C.: Bandendo il gioco del calcio, credo la gente abbia perso qualcosa di forte in cui credere. La passione che ha sempre mosso questo sport nel tempo è servita ad avvicinare culture e a eliminare le distanze tra i popoli. Il calcio è sempre stato un veicolo di valori positivi e di regole anche se purtroppo, in alcune occasioni, è stato estremizzato e penalizzato, ridotto soltanto ad un business.

J.Z.: Ha perso uno sport dove si poteva sentire una vera passione. In tutti sensi. Io ho visto gente talmente appassionata al calcio che diventavano bambini anche i più grandi uomini d'affari... Ha perso uno sport che metteva d'accordo intere nazioni... che ci faceva sognare, gioire. Vivere delle vere emozioni.

C.S.: Se il calcio dovesse ricominciare ad esistere, come vorrebbe che fosse? In cosa uguale e in cosa diverso da come era prima?

J.Z.: Uguale nella passione sportiva che ci dimostrava. E diverso: mi piacerebbe che non entrino più a far gioco le polemiche. Che sia uno sport e basta...

F.C.: Se il calcio dovesse ricominciare a esistere vorrei che ripartisse dagli ideali dei giovani. Dovrebbe riprendere la sua connotazione di momento ludico, giocoso, vissuto con quella stessa passione che spinge ancora oggi i ragazzi ad incontrarsi e a giocare su di un campetto o per strada. Vorrei che di un tempo mantenesse il valore aggiunto dell'aggregazione e della sana competizione, il rispetto per l'avversario e per le regole. Quello che invece vorrei non si presentasse più è la cultura della vittoria a tutti i costi, il principio machiavellico che il fine giustifica i mezzi, vedere tifosi che arrivano allo stadio disposti a commettere anche gravi atti di violenza pur di non rassegnarsi ad una mancata vittoria della propria squadra. Tutto ciò è inconcepibile, anche se fortunatamente si trattava di minoranze.

"Siccome dal calcio avevo ricevuto tanto, per me fu naturale restituire almeno un po' del bene".

Calcio che passione

A forza di parlarne e scriverne, non nascondo che mi stava venendo voglia di giocare a calcio. E forse non ero l'unico con questo desiderio: durante la pausa pranzo i miei colleghi, invece di andare a mangiare nei bar lì intorno come facevano di solito, avevano cominciato a portarsi i panini da casa e a mettersi in gruppo davanti a Youtube 3D per vedere, armati di occhialini, qualche spezzone delle vecchie partite. Addirittura il direttore del giornale, solitamente austero e severo come un preside, era stato sorpreso mentre calciava un pallone fatto di carta di giornale attraverso la porta del suo ufficio. Il mio reportage, poi, aveva valicato i confini di «Cronache Sportive» visto che molti altri giornali, sportivi e non, avevano cominciato a commentare e approfondire il mio lavoro sulle loro pagine. E poi c'era Gigi, che sicuramente condivideva la mia voglia di calcio, e anzi forse questa voglia ce l'aveva lui più di chiunque altro.

Gigi mi aveva fatto una proposta fuori dalle regole: organizzare un Campionato! Ormai da più di un mese non lo sentivo ed ero anche un po' preoccupato, speravo che non si fosse messo nei guai. Però in qualche modo potevo aiutarlo e lui poteva aiutare me.

Io dovevo ancora insistere sulla passione per il calcio – a mio parere l'unica possibilità per coinvolgere l'opinione pubblica – nel frattempo Gigi poteva anche pensare al suo Campionato: al momento giusto poi le due cose avrebbero anche potuto incontrarsi.

Decisi di fare una passeggiata. Andai a trovare Gianni. Era allo Stadio Centrale, intento a sistemare alcuni scatoloni pieni di vecchie copie del «Guerin Sportivo».

«Ciao Gianni, come va? Sempre dietro alle tue collezioni vero?».

«Ah, chi si rivede, il Don Chisciotte del calcio!», mi rispose con una vena di affettuosa ironia nella voce. «Guarda che ho capito dove vuoi andare a parare».

«Invece di prendermi in giro perché non mi aiuti, che sono un po' in crisi?», risposi sorridendo.

«Davvero?», mi guardò con simpatia e continuò a parlare. «Il calcio è una passione, ma allo stesso tempo ti fa vedere il mondo in modo distorto. Ricorda: non esiste solo un pallone che rotola tra ventidue uomini in pantaloncini».

«È proprio così: sono uscito a fare un giro per rilassarmi e guarda dove sono arrivato... da Gianni allo Stadio Centrale. Allora visto che sono qua, forse puoi aiutarmi. Ho deciso di raccontare una storia di un calciatore che possa rappresentare la passione per il calcio, ma anche il sacrificio necessario per far diventare il calcio un vero e proprio lavoro».

Gianni si fermò qualche secondo a riflettere, poi mi fece cenno di seguirlo dentro la Stanza della Memoria.

Si avvicinò a un cassetto, lo aprì lentamente e poco per volta tirò fuori una maglia bianconera numero 11, una foto della Lazio, un album di figurine del Campionato d'Europa del 1996, un Pallone d'Oro, una guida turistica della Repubblica Ceca e una biografia di Federico Barbarossa.

Lo guardavo con emozione, venti anni prima avevo assistito all'addio al calcio di quel calciatore: Pavel Nedved.

Poi Gianni prese lentamente una busta, la aprì e ne tirò fuori una pagina di «Cronache Sportive», una grande foto di Pavel e una lettera, che lui stesso aveva scritto in quei giorni, un omaggio al grande giocatore, al gladiatore di tante battaglie sportive che aveva deciso di appendere le scarpe al chiodo.

La lessi e pensai che avevo il mio prossimo articolo già pronto: quella lettera doveva essere pubblicata.

Nick Hornby, *Febbre a 90°*, **Guanda, Milano 2008.**
Un romanzo autobiografico che racconta i multiformi aspetti di un'ossessione: le abitudini, i riti, i tic, i sogni, le depressioni di un assiduo frequentatore di stadi. Gli appassionati del calcio ritroveranno in questo libro una parte della loro stessa vita: perché la febbre del calcio sembra essere ovunque la stessa!

Cronache Sportive
25 marzo 2030

Ciao Pavel

"Se il mister non ti fa giocare, tu allenati di più e meglio, solo in questo modo potrai dimostrargli di essere pronto".

Da «Cronache Sportive» del 1/06/2009 riporto una lettera scritta da un appassionato di calcio in occasione del ritiro di uno dei suoi campioni preferiti, Pavel Nedved. Credo che siano le parole adatte per capire la passione che animava questo sport, dentro e fuori campo.

Ciao Pavel,
domenica 31 Maggio 2009, ore 16.52, i tuoi compagni sono lì, in fila uno vicino all'altro a formare una galleria di volti, sorrisi, amicizia, tutti con la stessa maglia bianconera numero undici. Lo stadio intero canta il tuo nome, l'emozione sale e insieme i ricordi.

Chi l'avrebbe mai detto che il piccolo orsetto "Nedved", che correva dietro a un pallone senza mai fermarsi, sarebbe diventato un simbolo del calcio vero, forte e pulito? Un pallone che avrebbe fatto la tua fortuna, Pavel, che ti avrebbe trasformato da "orsetto" a "cuore d'acciaio". Un soprannome adatto a un calciatore che nella sua carriera ha percorso migliaia di chilometri.
Nascere a Cheb, piccolo centro della Cecoslovacchia ancora sottomessa al regime comunista, forse è anche opera del destino.
In un paese povero, ma orgoglioso, con la tradizione del grande Federico Barbarossa da rispettare, il calcio era uno degli sport più semplici da praticare, anche per te cresciuto in una famiglia di operai, con la fortuna, però, di avere un padre che da giovane aveva fatto il calciatore.

I ricordi affiorano lentamente, come la prima volta che l'allenatore non ti ha fatto giocare, cosa ti disse tuo padre? "Se il mister non ti fa giocare, tu allenati di più e meglio, solo in questo modo potrai dimostrargli di essere pronto". E lo sei stato pronto, centinaia di volte, hai cambiato la tua vita, hai dimostrato quanto possa essere importante per un uomo la forza di volontà.
Eppure non è stato semplice iniziare, faticare, trasformare un passatempo in lavoro, credere in te stesso, in un mondo che si andava trasformando giorno per giorno, diverso da quando per la prima volta eri arrivato a Parigi in trasferta, quando ancora regalare un paio di jeans a tua sorella e uno shampoo a tua madre significava renderle le donne più felici del mondo.

Ora i tuoi compagni ti abbracciano, tra i tifosi spunta uno striscione con su scritto «Noi tutti ti dobbiamo qualcosa in più di un grazie... ciao Pavel, sei stato un grande!!!».
E ti emozioni sempre di più, ma è un'emozione che ti dona forza, come sempre, sin dall'inizio della tua carriera: il Dukla e poi le vittorie con lo Sparta Praga, e il tuo esordio in Nazionale nel Giugno del '94, fino alla magica esperienza degli europei del 1996. La tua Nazionale sembrava indebolita dalla divisione della Cecoslovacchia in Repubblica Ceca e Repubblica Slovacca, invece disputò forse il miglior torneo della sua storia, finalisti contro la Germania, dopo avere mandato a casa anche l'Italia di Arrigo Sacchi.

Giocare a calcio è come stare costantemente in una vetrina di un negozio, mostrare chi sei e quanto vali, farti conoscere e cercare un contratto con una grande squadra. In quei giorni in Inghilterra sape-

vi che il tuo sogno e la tua fatica potevano continuare su una nuova strada, che ti portò nei mesi successivi verso la Lazio di Zeman, tuo connazionale e nipote del grande Cesto Vickpalek.

Non è semplice giocare con Zeman, ma ti diverti e fatichi tanto, sono anni speciali quelli di Roma, anche quando dopo l'esonero dell'allenatore boemo hai trovato Zoff e poi Erikson.

Con lo svedese non tutto va per il verso giusto e ti ritrovi spesso in tribuna, ma non hai dimenticato le parole di tuo padre e alla fine la spunti tu. Anche Erikson dovrà ammettere quanto è importante la tua presenza in quella squadra che in pochi anni è riuscita a vincere tanto, la Coppa delle Coppe, la Supercoppa Europea, la Coppa Italia ed infine lo Scudetto. Due sono i momenti che ricordo ancora, il tuo splendido gol a Birmingham che vi ha fatto vincere la finale europea, una mezza rovesciata al volo che solo un campione può realizzare. Rivedrei per ore quel momento con la voce di Bruno Pizzul che racconta la tua gioia e la tua prodezza, una sera speciale quella di metà maggio del 1999. Poi la grande impresa dello scudetto l'anno successivo, con la Juve che si arrende nel nubifragio di Perugia all'ultima di Campionato.

Quella Juve che in seguito, nel 2001, divenne la tua nuova casa, una casa bella, spaziosa, piena di emozioni, di gioie, di fatica e di dolori.

Per uno come te il luogo ideale per vivere, dove dimostrare che un giocatore è prima di tutto un uomo, che rispetta e si fa rispettare in campo e fuori. Otto stagioni intense, scudetti, calciopoli, la serie B, ma un cuore diventato bianconero, e soprattutto le lacrime del 2003, lacrime amare e di gioia.

Hai imparato sin da piccolo a non tirarti indietro, da orsacchiotto a cuore d'acciaio, e contro il Real Madrid in semifinale di Champions League è necessario il secondo. Giochi a tutto campo, segni un gol spettacolare, non ti fermi mai, non riesci a fermarti neanche quando in scivolata alzi la gamba ed incocci quella di McManaman, l'arbitro non ha dubbi è cartellino giallo: non potrai giocare la finale di Manchester contro il Milan!

Ero davanti alla tv quella sera, e ho sentito il tuo amore per il calcio e la tua sofferenza per una gioia mancata, perché Pavel non può vivere senza giocare, e mi fanno ancora riflettere quelle immagini di felicità dei tuoi compagni, che ti consolavano perché capivano la tua amarezza. La tristezza di un uomo che vive per il calcio, per stare in campo, per correre dietro a un pallone, nella migliore squadra del mondo come nella piccola squadra di Cheb. Lì ho capito cosa significa lo sport, come può cambiare gli uomini e come può aiutarli a crescere e a migliorarsi, guardando un uomo rincorrere un pallone.

Lo splendido gol di Birmingham nella finale di Coppa delle Coppe, una mezza rovesciata al volo che solo un campione può realizzare.

Anche ora che hai deciso di smettere di giocare e stai facendo il giro del campo ringraziando i tifosi ed i compagni, vedo il giocatore, ma vedo soprattutto l'uomo, con la tua Ivana ed i due piccoli Ivana e Pavel, che hanno lo stesso nome dei genitori, perché come mi hai detto una volta "quando noi non ci saremo più, nel mondo ci saranno sempre un Pavel e un'Ivana che si vorranno bene".

Eduardo Galeano, *Splendori e miserie del gioco del calcio*, **Sperling & Kupfer, Milano 2005.**
Racconti che celebrano il calcio così come è vissuto nell'immaginario della gente e del mondo che gira intorno al pallone: i tifosi in pellegrinaggio verso lo stadio; il portiere che con un errore può far perdere un Campionato; Pelè che segna il suo millesimo gol al Maracanà; Eusebio, l'africano destinato a lustrare scarpe e diventato invece la "Pantera" della Coppa del Mondo del '66; e Maradona, che da bambino dormiva con un pallone. Il loro autore, come ogni buon sudamericano, sognava da bambino di diventare un grande calciatore e l'essere divenuto uno scrittore di fama non l'ha guarito dal rimpianto di esser stato il peggiore giocatore mai comparso nei campetti del suo Paese.

Fulmine a ciel sereno

Il mio lavoro andava avanti, quotidianamente ricevevo attestati di stima, lettere di tifosi e appassionati, persino qualche dirigente del CONI mi aveva telefonato per farmi i complimenti.
Anche la lettera di Gianni che avevamo pubblicato aveva fatto crescere l'entusiasmo intorno a noi, molti lettori avevano iniziato a chiedere con insistenza di tornare a vedere delle partite vere. Vent'anni senza calcio erano stati davvero tanti, forse troppi.
Avevo sentito Gigi al telefono: mi anticipava una sua visita, aveva una sorpresa per me. Ero allo stesso tempo felice e preoccupato, cosa stava combinando quell'adolescente senza controllo?
Tuttavia una mattina arrivò in redazione una lettera che ci riportò, bruscamente, con i piedi per terra: era la lettera di Sara, una madre che aveva perso suo figlio durante gli scontri tra tifosi e polizia.
Certo non ci aspettavamo che tutti fossero d'accordo con le nostre idee, e soprattutto non avevo riflettuto sulla possibilità di riaprire delle ferite ancora aperte.
Un dubbio si insinuò nelle nostre teste: stavamo facendo bene?
Era giunto il momento di rimettere il nostro lavoro in discussione, e lo facemmo nel modo che i giornalisti conoscono: pubblicammo una risposta a Sara.

Cronache Sportive
10 aprile 2030

I funerali del calcio

Abbiamo ricevuto in redazione, pochi giorni fa, la lettera di una donna, di una madre che perse il figlio negli scontri tra tifosi di calcio e polizia dell'ottobre 2010. Non pubblichiamo la lettera, perché ci è stato chiesto dalla sua autrice di non farlo, ma ci teniamo a farle avere questa nostra risposta pubblica.

Gentile Sara,
grazie per la tua lettera, da parte dell'intera redazione. E un grazie sentito anche da tutto il mondo di questo nuovo calcio che vuole risorgere, e che deve però ricordare, deve avere memoria.

Quando abbiamo iniziato il nostro reportage pensavamo solamente di raccontare questo sport dopo venti anni di assenza, con l'obiettivo di tenerne in vita almeno il ricordo; ma poco per volta la passione è tornata. Abbiamo letto, ascoltato, risposto a decine di persone. Tanti hanno iniziato a condividere il nostro sogno e poco per volta ci è sembrato davvero possibile pensare ad una nuova vita per il calcio.

Tu ci hai ricordato che la storia di questo sport è stata una strada tortuosa, partita dalla gioia ma conclusasi tanti anni fa nella sofferenza. E allora il nostro invito è quello di ripercorrere insieme questa strada. Noi giornalisti, i lettori, gli sportivi, i nuovi dirigenti, per raggiungere un nuovo luogo tutti insieme, senza lasciare indietro nessuno.

Per onorare la memoria di tutti coloro che in Italia sono caduti per colpa della stupidità umana pubblichiamo un elenco delle loro tragedie. Per non dimenticare. Per non farlo più accadere.

28 aprile 1963 – Giuseppe Plaitano, 48enne tifoso della Salernitana, è il primo morto da stadio in seguito a scontri tra polizia e tifosi. Allo stadio Vestuti si disputa un incontro decisivo ai fini della promozione in serie B tra la Salernitana e il Potenza. Per un rigore non dato ai granata, i tifosi invadono il campo. La guerriglia coinvolge le due tifoserie e la polizia. Un poliziotto spara in aria: per una tragica fatalità il colpo raggiunge la tribuna, dove è seduto Plaitano. Il caso verrà archiviato.

2 dicembre 1973 – In occasione di Roma-Napoli, un giovane tifoso azzurro, **Alfredo Della Corte**, viene ferito da un colpo di pistola alla faccia.

28 ottobre 1979 – Vincenzo Paparelli, tifoso laziale, quando manca un'ora all'inizio del derby Roma-Lazio, viene colpito a un occhio da un razzo sparato dalla Curva Sud, tradizionale sede dei sostenitori romanisti. Il razzo, sparato da un ragazzo di appena 18 anni, attraversa tutto lo stadio e finisce la sua tragica corsa sul volto del povero Paparelli, causandogli lesioni gravissime. Per l'uomo, trasportato immediatamente in ospedale, non c'è nulla da fare.

8 febbraio 1984 – Triestina-Udinese, partita di Coppa Italia. Alla fine del match scoppiano gravi incidenti che obbligano le forze dell'ordine a intervenire. Nel corso degli scontri il tifoso triestino **Stefano Furlan** muore in seguito a delle gravi lesioni cerebrali, causate molto probabilmente dalle percosse infertegli dalla polizia. Da allora la curva dei tifosi triestini è intitolata proprio a Stefano Furlan.

30 settembre 1984 – Al termine della partita Milan-Cremonese, **Marco Fonghessi**, un giovane tifoso rossonero, viene accoltellato a morte da un altro tifoso milanista. Assurda la dinamica dell'episodio: la targa della sua auto attira l'attenzione di un gruppo di tifosi meneghini, che circondano la vettura e con un coltello tagliano le gomme. Fonghessi reagisce e viene raggiunto da una coltellata, sferrata da un giovane di appena 18 anni. Trasportato in ospedale muore dopo poche ore.

9 ottobre 1988 – Allo stadio Del Duca di Ascoli, al termine della partita con l'Inter, **Nazzareno Filippini**, tifoso bianconero di 32 anni, resta gravemente ferito nel corso di una violenta rissa scoppiata tra le opposte tifoserie. Vengono arrestati quattro esponenti della curva nerazzurra.

4 giugno 1989 – Prima di Milan-Roma muore **Antonio De Falchi**, tifoso giallorosso di 18 anni. De Falchi raggiunge lo stadio con tre amici; una ventina di ultras milanesi tentano di aggredirli e durante la fuga De Falchi viene stroncato da un arresto cardiaco. Dei tre tifosi milanisti processati, solo uno venne arrestato e poi condannato a 7 anni di reclusione.

18 giugno 1989 – Penultima giornata di Campionato tra Fiorentina e Bologna, altra tragedia. Il treno coi tifosi emiliani diretti in Toscana subisce un agguato da parte degli ultras fiorentini. Alla fitta sassaiola segue il lancio di una bottiglia molotov che esplode all'interno di un vagone e provoca il ferimento di due tifosi toscani, uno dei quali è **Ivan Dall'Oglio**, appena quattordicenne. Non ci scappa il morto, ma Dall'Oglio rimane irrimediabilmente sfigurato al volto.

10 gennaio 1993 – A Bergamo, al termine di Atalanta-Roma, muore, colto da infarto, il 42enne **Celestino Colombi**, coinvolto nelle cariche della polizia mentre si trovava casualmente nei pressi dello stadio.

30 gennaio 1994 – **Salvatore Moschella**, 22 anni, muore gettandosi dal treno su cui viaggia dopo essere stato aggredito da alcuni tifosi del Messina di ritorno dalla trasferta di Ragusa. I siciliani prima lo picchiano e poi continuano a infastidirlo. Moschella, nel cercare una via di fuga, si getta dal finestrino, mentre il treno rallenta in prossimità della stazione di Acireale. Cinque le persone arrestate, delle quali due minorenni.

29 gennaio 1995 – Prima della partita Genoa-Milan viene accoltellato a morte un giovane tifoso rossoblù, **Vincenzo Spagnolo**. L'omicida è un ragazzo di appena 18 anni, Simone Barbaglia, che all'epoca frequentava solo da qualche mese la curva del Milan. Sarà condannato a 15 anni di carcere.

1 febbraio 1998 – Nel dopopartita di Treviso-Cagliari muore il tifoso veneto **Fabio Di Maio**, 32 anni, per un arresto cardiaco in seguito all'intervento della polizia per sedare un accenno di rissa tra le opposte tifoserie. Allo stesso Di Maio è stata poi intitolata la curva degli ultras trevigiani.

24 maggio 1999 – La mattina dopo la partita tra il Piacenza e la Salernitana, sfida decisiva per la permanenza in serie A, il treno speciale che riporta a casa gli oltre 3 mila tifosi campani, proprio in prossimità della stazione di Salerno, prende fuoco in una galleria. Nel rogo, appiccato dagli stessi tifosi, perdono la vita quattro giovani supporter granata.

17 giugno 2001 – A Messina si disputa l'acceso derby con il Catania, decisivo per la promozione in serie B. Tra le due tifoserie prima della partita si verifica un reciproco lancio di oggetti. Dal settore degli ospiti viene lanciata una bomba-carta che esplode in mezzo ai tifosi della Curva Nord e ferisce **Antonino Currò**, 24 anni, il quale finisce in coma e dopo pochi giorni muore. A seguito delle indagini viene arrestato un tifoso minorenne di Catania.

20 settembre 2003 – Finisce in tragedia il derby Avellino-Napoli. Muore **Sergio Ercolano**, ventenne tifoso partenopeo, precipitato nel vuoto durante gli scontri tra tifosi e polizia.

27 gennaio 2007 – **Ermanno Licursi**, un dirigente della Sammartinese (terza categoria), muore a Luzzi, nel cosentino, a seguito dei colpi ricevuti mentre cerca di sedare una rissa in campo nella partita con la Cancellese. Il dirigente si accascia rientrando negli spogliatoi.

2 febbraio 2007 – Muore l'ispettore capo della polizia **Filippo Raciti**, colpito durante gli scontri con i tifosi del Catania durante e dopo il derby siciliano con il Palermo.

11 novembre 2007 – Nell'area di servizio Badia al Pino, vicino Arezzo, sull'autostrada A1, si scontrano alcuni tifosi della Lazio e della Juventus. Accorre anche una pattuglia della Polizia stradale. **Gabriele Sandri**, 26 anni, tifoso laziale, viene colpito a morte da un colpo di pistola.

30 marzo 2008 – Muore **Matteo Bagnaresi**, 28 anni tifoso del Parma, investito accidentalmente da un pulmann di tifosi juventini, prima della partita Juventus-Parma.

12 maggio 2010 – Durante gli scontri tra tifosi e polizia a Campolibeccio, muoiono tre poliziotti, Riccardo Dellucci, Mario Soffici e Patrizio Dritti. Nove sono invece i tifosi che perdono la vita, Antonio Squillante, Claudio Lupi, Fabio Arditi, Fabrizio Miccia, Leonardo Aumentino, Giulio Faretti, Emanuele Ascani, Farouk Diomèdè e Sahid Lamarque.

In seguito agli scontri di Campolibeccio, e all'ondata di violenza assurda che ne seguì in tutta Europa, il calcio fu dichiarato fuorilegge.

“Grazie” Alex...

Gigi arrivò in redazione alle nove del mattino, era infuriato, non lo avevo mai visto così. Mi sbatté sul tavolo il numero del giornale uscito il giorno prima, e mi tirò in faccia la maglia rosanero, che voleva usare per la propria squadra.

«Così mi aiuti, vero?», urlò, e proseguì senza darmi il tempo di rispondere. «Io ti propongo di riprendere a giocare a pallone e tu invece pubblichi un elenco di morti!».

«Non dobbiamo dimenticare», risposi cercando di mantenere la calma, «che a decine sono morti per il calcio. Tu non eri ancora nato quando tutto crollò, e ora pretendi di venire qui a darmi delle lezioni?».

«Ma quale lezione», disse Gigi. «Tu non sei diverso dagli altri adulti, riuscite solo a dire che noi ragazzi non possiamo capire, però voi non spiegate, vi limitate a decidere anche per noi. Tu cos'hai fatto? Prima dici di voler promuovere, dare nuova vita al calcio, e poi affossi il tutto, pubblicando un articolo terribile che dà ragione a chi non vuol far rivivere questo sport!».

Si girò pronto per andarsene. Lo fermai, gli diedi la lettera che avevamo ricevuto e gli urlai di leggerla.

La prese con le mani tremanti e la lesse, sempre dandomi le spalle, senza mai voltarsi.

Gentile direttore,
non leggevo da tempo il vostro giornale, l'ho acquistato nuovamente dopo tanti anni. Una ventina ne sono passati da quando ho comprato l'ultima copia per Claudio, mio figlio.
Claudio allora mi chiedeva spesso di passare dall'edicola a prendere il suo giornale sportivo, leggere quelle pagine era per lui un momento di evasione, di riposo dopo una giornata passata sui libri a studiare. L'università lo teneva impegnato molte ore al giorno, ma d'altronde non si lamentava: per diventare medico sono necessari molti sacrifici e Claudio ne era consapevole.
Tuttavia la pausa pranzo con il vostro giornale e la domenica allo stadio erano le due cose a cui non poteva rinunciare.
Poi una domenica pomeriggio dovette rinunciare a tutto, al giornale, allo stadio, alla medicina.
Ero a casa ad aspettarlo dopo la partita allo stadio quando bussarono alla porta: un uomo alto, con un viso gentile e triste, e con lui una ragazza giovane, forse dell'età di Claudio, bella e fiera nella sua uniforme della polizia. Raccontarono degli scontri, dei tifosi, del calcio, di Claudio che non ce l'aveva fatta.
Ora, direttore, dopo tanto tempo non riesco a spiegarmi ancora come si possa morire a ventidue anni per una partita di pallone. E voi ci chiedete di ricominciare, di tornare indietro nel tempo, di rinascere con un nuovo calcio? No, no ed ancora no, non possiamo permettere che altri ragazzi come Claudio debbano rinunciare ai propri sogni.
Quanti tifosi sono morti in cento e più anni di calcio?
È necessario vedere altri morti?
Lo so, capisco che non si potrà sempre vietare di giocare, ma, mi chiedo, siamo pronti? Tutto questo tempo è davvero servito a qualcosa?
Allora vi prego di riflettere, di ricordare ciò che è accaduto, di ricordare tutti coloro che sono morti solo perché inseguivano una passione, un sogno, la vittoria della propria squadra.

Sara, una madre.

Gigi lasciò cadere la lettera per terra.

Lo vidi andare via, non disse una parola, io sprofondai nella mia poltrona.

Erano le nove e mezzo del mattino ed ero già sfinito.

Professione giornalista sportivo

Il mio scontro con Gigi mi aveva infastidito, forse lo avevo illuso, ma lui ora stava sottovalutando il mio impegno e soprattutto i risultati che potevamo ottenere.

Gigi voleva raggiungere al più presto il suo obiettivo, io sapevo che la strada sarebbe stata lunga. Non potevamo permetterci degli errori, in questo senso il mio ruolo di giornalista era determinante. Fare il giornalista sportivo significa porre una grande attenzione a decine di particolari, conoscere sport differenti, saperne le regole, ma anche gli aspetti tecnici.

Specializzarsi in uno sport come il calcio significa essere in grado di leggere una partita, comprendere le scelte dell'allenatore, le problematiche di un giocatore.

Il compito di un giornalista è di raccontare come in un romanzo quotidiano le gesta di un gruppo di ragazzi che corrono dietro un pallone. Forse per questo motivo ho sempre letto con passione le pagine scritte più di cinquanta anni fa da Gianni Brera, ne ho fatto un modello e forse ancora oggi può essere utile ascoltare cosa diceva del suo lavoro. Dovevo convincere Gigi dell'importanza di questa professione. Intanto presi un vecchio libro di Brera e iniziai a leggere.

«Il mio metodo di lavoro è fervido e spossante. Vivo la partita da recensire annotandone ogni fase con applicazione pignola fino... all'accattonaggio: voglio dire che, volendo prendere nota su tutto o quasi tutto avviene in campo, non di rado sono costretto a giovarmi di colleghi redattori seduti vicino a me per stabilire con precisione chi abbia fatto l'ultimo lancio oppure l'ultima rifinitura: non il tiro conclusivo, perché quello lo vedo anch'io, è lo stesso clamore della folla a tenermene avvertito...

Colmato di note il recto del taccuino e spesse volte anche il verso, rientro di filato a casa o in redazione, decifro pagina per pagina, ricostruisco le azioni determinanti, procedo alla seriazione sinottica dei tiri e delle parate, dei salvataggi e degli errori, dei cross dalle estreme e degli interventi difensivi più ricordevoli; deduco da queste seriazioni statistiche l'entità e i valori delle singole prestazioni tecniche e le sintetizzo in pagelle con voti da 1 a 10 come una volta a scuola. Poi trasmetto al giornale occhiello, titolo e sommario, e finalmente procedo alla stesura del resoconto. Tutto questo, in non più di un paio d'ore, a volte anche meno».

Il metodo di Brera poteva essere ancora utilizzato ai nostri giorni. Le uniche varianti riguardavano gli strumenti tecnologici a disposizione, se consideriamo che a quei tempi non esisteva l'uso dei computer.

Il racconto di una partita si era evoluto nel tempo, ai giornali si erano affiancati prima la tv, poi Internet e la web tv. Insomma, forse era cambiato il modo di raccontare, ora era più asciutto e veloce, i giornali erano sopravvissuti ma i loro articoli erano più brevi, e soprattutto le versioni dei quotidiani per Internet 4.0 erano un'integrazione tra parole scritte, audio e video.

Il mio reportage sul calcio aveva la presunzione di riprendere uno stile antico e attualizzarlo, e i criteri di lavoro non erano poi così differenti da ciò che accadeva venti o trent'anni prima. Decidevo di cosa scrivere e iniziavo la mia ricerca, in rete, tra i libri, nelle versioni ormai digitalizzate dei quotidiani e delle riviste sportive. Guardavo vecchie trasmissioni televisive, ascoltavo interviste, provavo a parlare con i lettori.

E come Brera, dopo avere raccolto centinaia di informazioni, sintetizzavo tutto in un mio articolo.

Quella mattina avevo già impiegato troppo tempo a riflettere su come riprendere i contatti con Gigi, era meglio mettersi al lavoro... anzi avevo pensato a un argomento particolare per l'articolo successivo, e magari anche Gigi ne sarebbe rimasto colpito: alcuni giorni prima tutto il mondo si era fermato a ricordare l'Olocausto, ne avevamo parlato in redazione, ed era venuta fuori l'idea di preparare un articolo che in qualche modo facesse riflettere sul rapporto tra calcio e Shoah, tra razzismo e potere.

Il calcio è sempre stato un grande strumento di comunicazione di massa, molti dittatori ne hanno fatto spesso un uso improprio, hanno cercato di appropriarsene in modo più o meno violento. Basta ricordare Mussolini in Italia, Franco in Spagna o Ceausescu in Romania.

Il periodo storico che mi aveva sempre affascinato e allo stesso tempo sconcertato e impaurito, era il periodo della Shoah e dell'Olocausto: calciatori, allenatori, tifosi, ne erano stati travolti.

Così mi avvicinai alla vita di Arpad Weisz, allenatore di Bologna e Inter, conobbi Ernest Erbstein, allenatore del Grande Torino del dopoguerra, lessi della partita leggendaria che vide la fine drammatica della Dinamo Kiev. Come sempre prendevo appunti, ascoltavo e registravo, raccoglievo informazioni. Tutto sarebbe servito per il mio articolo successivo: "Il calcio tra Shoah e razzismo".

Cronache Sportive

24 aprile 2030

Il calcio
tra Shoah e razzismo

Arpad Weisz, figlio di ebrei ungheresi, fu un grandissimo allenatore e in Italia vinse tre scudetti, famoso come Ancelotti o Mourinho, non fu comunque risparmiato dalle leggi razziali del 1938.

Il calcio era sempre stato uno specchio della società, e nessuno si stupì quando sugli spalti cominciarono a sentirsi cori razzisti. Certo tanta fu l'indignazione, ma tutto si concluse con un nulla di fatto, qualche blanda punizione e niente di più.

Il razzismo negli stadi fu uno degli elementi che spinse il calcio nel baratro, ma forse è giusto andare indietro nel tempo per capire quanto la pazzia dell'uomo non risparmi nessuno.

Per rinascere con un calcio pulito è quindi giusto e doveroso ricordare, dai cori contro Mario Balotelli, ventenne nel 2010, alle storie perse nella memoria: le storie di quegli uomini che vissero uno dei periodi peggiori della nostra umanità, quando la follia dell'olocausto e del nazismo fecero milioni di vittime.

È di loro che vogliamo parlarvi.

Il primo personaggio che incontriamo è **Arpad Weisz**, figlio di ebrei ungheresi. Fu un grandissimo allenatore e in Italia vinse lo scudetto con l'Inter nel 1930 e con il Bologna nel 1936 e 1937. Con il suo Bologna aveva anche sconfitto il Chelsea vincendo il Trofeo delle Esposizioni, in una partita che potrebbe essere paragonata a una finale di Champions League dei primi anni del duemila. Dopo quella finale tutta l'Italia lo magnificò, parole come "genio della tattica" erano le più usate per descriverlo.

Eppure nonostante la fama non fu risparmiato dalle leggi razziali del 1938. Era uno dei grandi personaggi del mondo del calcio, in quei tempi era famoso tanto quanto i più grandi allenatori degli anni duemila, come Ancelotti o Mourinho; eppure nessuno mosse un dito per salvarlo, e a distanza di tanti anni se ne è sempre parlato poco, quasi che il calcio moderno ne avesse rimosso il ricordo.

Weisz come tanti altri ebrei dovette riparare fuori dal nostro Paese, con la speranza di trovare pace e libertà. Decise di partire alla volta di Parigi, portando con sé la moglie Elena e i due piccoli figli Roberto e Clara. Ma anche Parigi era diventata poco sicura e l'allenatore, pensando di potere continuare a svolgere il proprio lavoro, si trasferì nel piccolo paese olandese di Dordrecht, dove allenò la squadra locale, anche lì con grande successo. La guerra però arrivò inesorabile, come anche l'occupazione tedesca in Olanda: e il luogo che sembrava sicuro e inattaccabile divenne da un giorno all'altro una trappola mortale per centinaia di ebrei.

Weisz e i suoi familiari furono arrestati, rinchiusi in un campo di lavoro e poi deportati nel campo di concentramento di Auschwitz, da dove non uscirono mai più.

Le vite degli uomini si intrecciano con gli eventi storici, e la fine tragica della famiglia Weisz ne fu un esempio. Anche un altro grande allenatore visse in quel periodo l'umiliazione delle leggi razziali: **Ernest Erbstein**, di origini ebree, nacque nell'odierna Romania ma si trasferì presto a Budapest, dove iniziò la sua carriera di sportivo e calciatore. I suoi grandi successi risalgono però agli anni trenta, da allenatore di alcune squadre italiane.

Dopo un periodo di gavetta, trovò la consacrazione a Lucca, portando la squadra dalla serie C alla serie A. Osannato dal pubblico avrebbe continuato volentieri la sua avventura, ma le leggi razziali del 1938 non lo risparmiarono.

Nonostante fosse cattolico, capì subito che la situazione non era facile, i rischi per chi aveva origini ebraiche erano elevati, e decise di trasferirsi a Torino con tutta la sua famiglia. Iniziò così la sua avventura granata e allo stesso tempo poté trasferire le figlie in una scuola privata, dove le riteneva più al sicuro.

All'aggravarsi delle leggi razziali Erbstein vide come unica soluzione il suo rientro a Budapest, nonostante il secondo posto in Campionato subito dopo il Bologna, orfano quell'anno dell'allenatore Weisz. Il suo rapporto con il presidente del Grande Torino, Ferruccio Novo, era molto saldo, tanto che questi lo aiutò trovandogli un lavoro. Ma all'invasione nazista del 1944, quando anche l'Ungheria fu occupata, Erbstein fu imprigionato in un campo di lavoro, da dove evase rifugiandosi nel consolato svedese: lì ottenne l'aiuto del diplomatico Raoul Wallenberg che salvava gli ebrei dalla reclusione nei campi di concentramento nazisti fornendo loro un passaporto svedese.

Al termine della guerra Ferruccio Novo lo richiamò nuovamente alla guida dei granata, prima come consulente e poi come direttore tecnico, e insieme nel 1949 conquistarono il quinto scudetto consecutivo del Grande Torino. Purtroppo la leggenda di quella squadra e del suo allenatore "errante" era destinata e spegnersi il 4 maggio del 1949 quando, al rientro da un'amichevole a Lisbona, l'aereo che trasportava la squadra si schiantò su Superga.

Due storie intrecciate tra loro, due allenatori vittime di un destino comune a milioni di ebrei.

La terza storia è invece quella di una squadra intera, forse anche di un paese, l'Ucraina e la sua gloriosa squadra della capitale: la **Dinamo Kiev**. Quella Dinamo che avrebbe avuto negli anni un grande allenatore come Lobanovskij e grandi campioni, entrambi Pallone d'oro, come Blochin e Shevchenko.

Prima della Seconda Guerra Mondiale la Dinamo era una grande squadra, ma durante la guerra molti suoi giocatori non riuscirono a mettersi in salvo dalle rappresaglie degli occupanti tedeschi: furono o imprigionati e messi ai lavori forzati o semplicemente si ritrovarono disoccupati da un momento all'altro. Nel 1942 Kiev contava quattrocentomila abitanti, solo tre anni dopo ne sarebbero rimasti vivi solamente ottantamila.

Iosif Kordik, un tifoso della Dinamo di origini tedesche, era direttore di un importante panificio a Kiev, e aveva dato lavoro a molti ex giocatori della squadra. Quando le autorità tedesche vennero a conoscenza di questo fatto, decisero di organizzare una partita tra una selezione di ufficiali tedeschi e una squadra ucraina che lo stesso Kordik aveva composto: la Start. La squadra era formata da otto giocatori della Dinamo e tre giocatori del Lokomotiv, l'altra squadra di Kiev.

I nazisti decisero di organizzare una partita tra una selezione di ufficiali tedeschi e una squadra di prigionieri ucraini: la Start. Doveva essere semplice propaganda.

E qui nasce la leggenda perché, anche se non si trovano informazioni ufficiali, è quasi certo che la selezione ucraina sarebbe dovuta scendere in campo per perdere e onorare così gli occupanti nazisti: non doveva essere una vera partita di calcio, insomma, bensì un atto di propaganda. Ma di fronte agli spalti gremiti prese il sopravvento l'amor patrio e i giocatori ucraini diedero il massimo, vincendo con facilità contro i tedeschi. La partita fu ripetuta un mese dopo e a quel punto gli ucraini non avevano alcuna possibilità, l'ordine era stato chiaro: perdere! I calciatori della Start ne erano consapevoli, l'arbitro scelto per la partita era addirittura un ufficiale delle SS che durante tutta la gara si schierò apertamente a favore dei suoi connazionali.

Anche questa volta, però, l'onore, il disprezzo per l'oppressore e la volontà di non deludere una popolazione intera, portò la selezione dell'est a vincere contro i tedeschi.
A questo punto alcune cronache raccontano di raffiche di mitra in campo, altre di una feroce rappresaglia contro i giocatori con la loro fucilazione in campo; la cronaca più drammatica racconta di un cecchino posto sul dischetto del rigore, da dove uccise il portiere ucraino Trusevich.
Molto più probabilmente gli otto giocatori della Dinamo Kiev vennero arrestati e torturati perché considerati delle spie, visto che la Dinamo era la squadra del Ministero dell'Interno ucraino.
Alcuni di loro morirono tra le mani degli aguzzini. Lo stesso grande Nikolai Trusevich venne, in realtà, deportato al lager di Syrets, dove morì nel febbraio del 1943.

L'onore, il disprezzo per l'oppressore e la volontà di non deludere una popolazione intera, portò la selezione dell'est a vincere contro i tedeschi.

Tre storie di calcio per raccontare la storia dell'Europa, vite accartocciate in se stesse, vittime della follia di Hitler... Tre storie per ricordare che il calcio è anche questo: un modo per guardarsi indietro nel tempo, per non commettere più gli stessi errori.

Matteo Marani, *Dallo scudetto ad Auschwitz. Vita e morte di Arpad Weisz allenatore ebreo*, Aliberti, Roma 2008.
Un viaggio-inchiesta alla scoperta di Arpad Weisz, l'allenatore che ha vinto tre scudetti con Inter e Bologna. Era il 1938 quando a lui e ai suoi familiari non fu più permesso di vivere in Italia, in seguito alle leggi razziali promulgate da Mussolini. In fuga dai nazisti, si rifugiò in Francia e poi in Olanda, prima di essere deportato ad Auschwitz, dove morì.

Osvaldo Soriano

Nell'ultima riunione di redazione il direttore aveva portato decine di mail di lettori soddisfatti del nostro lavoro. Si era convinto sempre più che dovessimo raccontare il calcio, le sue storie passate e presenti, come se fossero letteratura, certo un po' particolare, fatta di gambe che corrono dietro un pallone, di urla gioiose e di lacrime di disperazione, ma come la letteratura anche una partita di calcio racconta decine di storie. Nel mio ufficio riflettevo su queste idee, osservavo compiaciuto la mia collezione di libri dedicati al calcio, e così poco per volta iniziai a tirar fuori dagli scaffali i romanzi e i racconti più belli scritti sul calcio.

Lo sport, come l'amore e la guerra, rappresenta bene le emozioni di un uomo, e proprio per questo tantissimi scrittori avevano dedicato le loro pagine a ventidue ragazzi che rincorrevano una sfera di cuoio in calzoncini corti.

Ne avevo letti a decine, ma forse i migliori erano quelli dei grandi scrittori "prestati" alla passione per il calcio. Da ragazzo ero un grande tifoso della Nazionale italiana e avevo letto con avidità due romanzi che in qualche modo erano tra loro contrapposti, per via delle emozioni e delle partite da cui erano stati ispirati: *Azzurro Tenebra* di Giovanni Arpino dedicato alla disfatta dell'Italia ai Mondiali del 1974, e *Ah! Il mundial* di Mario Soldati nato dalla vittoria degli azzurri ai Mondiali spagnoli del 1982.

Di *Azzurro Tenebra* ne aveva parlato già Darwin nella sua intervista, insieme ad altri libri che avevo molto amato nella mia giovinezza: appena dodicenne mi ero ritrovato tra le mani *Febbre a 90°*, forse il più bel libro sulla passione per il calcio, decisamente autobiografico, di un Nick Hornby che racconta tra le pagine il suo essere tifoso. Così come mi ero anche appassionato alle storie poliziesche di Manuel Vasquez Montalban e al suo Pepe Carvalho, detective privato amante della cucina, de *Il centravanti è stato assassinato verso sera*, e avevo sorriso leggendo *La compagnia dei celestini* di Stefano Benni.

Ma l'unico autore davvero immancabile nelle librerie di ogni lettore e tifoso è Osvaldo Soriano, il principe degli scrittori calcistici. Attraverso i suoi racconti magici riuscivo a vedere la partita, a entrare dentro al cuore dei personaggi e a vivere con loro, come quella sera che rimasi incantato per alcune ore dopo aver finito di leggere il racconto dedicato a Obdulio Varela.

Gigi mi sorprese assorto nei miei pensieri, e come sempre mi riportò alla realtà.

«Certo che per farmi notare devo urlare! Non potresti mai fare il portiere: non vedresti arrivare nemmeno il pallone», mi disse prendendomi in giro, e in fondo non aveva torto.

«Però potrei fare l'allenatore, ho una visione strategica della partita abbastanza buona», provai a difendermi.

«Allora prova ad allenare la mia squadra», rispose.

«Quale squadra? Ti ricordo che non è possibile formare delle squadre... non mi dire che pensi ancora al Campionato?», gli dissi quasi sfidandolo.

«Mi sa che non puoi fare nemmeno l'allenatore, e comunque la squadra l'ho formata, anzi ne abbiamo ben quattro, e guarda caso abbiamo deciso di organizzare un Campionato. Legale o illegale, noi riprendiamo a giocare». Il suo tono divenne deciso e fermo.

«Squadre, Campionato, noi? Che cosa hai combinato e con chi?», iniziavo a innervosirmi.

«Siamo in cinquanta, un gruppo di amici, tutti della mia età, siamo i clandestini del calcio», disse sorridendo. «Fra venti giorni sei invitato alla prima partita: Stadio Centrale, ore 16.30. Vediamo se riesci a fermarmi, o se magari ottieni qualcos'altro con le tue parole e il tuo giornale». Si era esaltato, e non sapevo come farlo ragionare.

«Ascoltami Gigi, non è semplice come sembra, è ancora presto, rischi la galera e soprattutto di mandare all'aria tutto il nostro progetto», provai a controbattere, ma sembrava non interessargli. «Se continui così, va a finire male, fai la stessa fine del Brasile nel 1950», aggiunsi sperando di incuriosirlo. Presi il libro di Soriano, cercai il racconto dedicato a Varela e glielo porsi.

«Libri, parole, storie, non sai proporre altro», si girò di scatto e se ne andò via.

«Leggilo, quel libro», gli urlai. Ma era troppo tardi, Gigi era già per le scale: per fortuna però Osvaldo Soriano era con lui.

Dissi al mio computer di accendersi e di aprire il programma di audioscrittura, poi cominciai a dettare l'articolo. Di solito preferivo scriverli alla vecchia maniera, ma in quel momento ero troppo sovrappensiero per farlo. Pensavo a Gigi e a quello che stava combinando.

Osvaldo Soriano, *Fútbol. Storie di calcio*, **Einaudi, Torino 2006.**
Venticinque bellissimi racconti dedicati al pallone scritti da Osvaldo Soriano, centravanti di buone speranze fino a che la carriera calcistica non gli viene stroncata da un incidente. La sua passione per lo sport, e per il calcio in particolare, non l'ha mai lasciato. Scrive con lo stesso entusiasmo e lo stesso amore di grandi campioni e di oscuri portieri, di arbitri improbabili e di allenatori in pensione. Storie di memoria e di personaggi indimenticabili.

1950
Brasile-Uruguay

La sera del 16 luglio 1950 allo stadio Maracanà di Rio de Janeiro, si giocava la Finale dinanzi a 200.000 spettatori. Il Brasile era già in festa da tre giorni, tutti erano certi della vittoria.

Obdulio Varela era il grande capo nero, un calciatore dalla tecnica modesta ma dalla forte personalità. Un leader in tutto e per tutto al servizio della sua squadra, l'Uruguay, di cui era il capitano.

La sua partita più importante la giocò la sera del 16 luglio 1950 allo stadio Maracanà di Rio de Janeiro, dinanzi a 200.000 spettatori, contro la Nazionale brasiliana forte di un gruppo di giocatori considerati sino a quel momento insuperabili. Era la partita finale del Campionato del Mondo e il Brasile era già in festa da tre giorni, tutti erano certi della sua vittoria.

Ma Obdulio quella sera capì che la sua squadra poteva riuscire nell'impresa, e da bravo condottiero si mise a capo delle sue truppe.

Sin dal primo fischio dell'arbitro era chiaro per tutti che sarebbe stata una battaglia: la presunzione dei brasiliani contro il coraggio degli uruguaiani.

In Brasile il calcio era già una sorta di religione, di passione collettiva, e tuttavia la Nazionale brasiliana non aveva ancora vinto praticamente nulla: ci era solo andata vicino nel 1938, quando era giunta alla semifinale dei Campionati Mondiali contro l'Italia.

Il Mondiale casalingo del 1950 doveva essere dunque l'occasione del riscatto per il Brasile, e per l'evento fu avviata la costruzione del Maracanà, il più grande stadio mai costruito, capace di contenere più di 200.000 persone: in pratica 3 volte lo stadio di San Siro.

Nella marcia di avvicinamento alla finale, il Brasile era stato una macchina schiacciasassi, capace di sommergere di gol ogni squadra gli si parasse davanti. A ogni partita vinta, a ogni gol segnato, l'entusiasmo dei brasiliani cresceva sempre di più.

L'Uruguay invece era andato avanti con più fatica: era certo una buona squadra, ma giunto alla finale contro il Brasile tutto il mondo dava per sicura la sua sconfitta.

La partita doveva ancora giocarsi e il Brasile era già in festa, i tifosi improvvisavano caroselli per le strade, alla radio il Presidente dello stato di Rio de Janeiro faceva i complimenti alla squadra chiamando i giocatori "Campioni del Mondo".

Quasi 220.000 tifosi brasiliani riempirono il Maracanà, la maggior parte di loro indossando una maglietta con su scritto "Campioni!".

E l'Uruguay? Il suo allenatore sembrava deciso a recitare la parte della vittima sacrificale, ordinando alla squadra di chiudersi in difesa e provare ad attaccare solo in contropiede, ma il capitano Obdulio si oppose. Nello spogliatoio, prima della gara, convinse la squadra a giocare a testa alta, sicuro che chiudendosi in difesa l'Uruguay avrebbe fatto la stessa fine delle altre squadre affrontatate dal Brasile. Bisognava giocare come se vincere fosse possibile.

Cominciò finalmente la partita e il Brasile attaccò da subito a testa bassa, ma solo al secondo minuto della ripresa andò in rete e lo fece nella maniera più inattesa, in contropiede.

L'allenatore dell'Uruguay sembrava deciso a recitare la parte della vittima sacrificale, ma fu il capitano Obdulio Varela a opporsi.

A quel punto sugli spalti iniziarono i festeggiamenti: tutti si aspettavano la goleada. Obdulio Varela raccolse con calma il pallone dal fondo della rete e iniziò a protestare con l'arbitro, chiedendo anche l'intervento di un interprete: sapeva di avere torto, ma capiva anche che quello era il momento più importante della partita, era il momento in cui anche se in svantaggio si poteva cercare di vincere la battaglia.

Passarono alcuni minuti prima che si riprendesse a giocare, i brasiliani non sapevano se essere più felici o più innervositi per l'atteggiamento degli avversari. Risposero nell'unica maniera che conoscevano: palla in avanti e squadra all'attacco. Ma al ventunesimo minuto arrivò il pareggio: Varela passò il pallone sulla destra a Ghiggia, che si liberò di Bigode, e mise in mezzo per Schiaffino, che da solo dinanzi al portiere Barbosa prese la mira e lo infilò.

Il Maracanà si gelò all'improvviso, i brasiliani volevano vincere anche se, per uno strano regolamento, un pareggio sarebbe bastato per portare a casa la Coppa del Mondo. E dunque si tuffarono all'attacco fino al trentaquattresimo minuto di quel fatale secondo tempo, quando l'attaccante uruguaiano Ghiggia invece di crossare al centro decise di tirare in porta, e il povero Moacyr Barbosa fu beffato dal pallone che si insaccò sul suo palo. La gioia dei brasiliani si tramutò in disperazione, la gente sugli spalti iniziò a soffrire, e dopo undici minuti di panico arrivò il fischio finale dell'arbitro e con esso le lacrime di un popolo intero.

L'Uruguay vinse la Coppa del Mondo, ma la ricevette in silenzio e senza cerimonia di premiazione.

Per un Paese intero fu una disgrazia che oggi si farebbe fatica anche solo a immaginare: ci furono morti per infarto allo stadio, il governo dichiarò tre giorni di lutto, il radiocronista brasiliano da quella sera lasciò il lavoro e non commentò mai più una partita. Anche la maglia da calcio della Nazionale fu abbandonata per dimenticare quella sconfitta: da allora il Brasile ha giocato con quella verde-oro, poi diventata leggendaria (fino alla sera passata alla storia come "Il disastro del Maracanà", la maglia dei giocatori era stata bianca con un colletto blu).

Moacyr Barbosa per tutta la vita venne additato come il portiere che aveva regalato la vittoria ai nemici uruguaiani. Durante le qualificazioni per i Mondiali americani del 1994 volle fare gli auguri alla Nazionale, si presentò al ritiro ma non lo fecero entrare. Le sue considerazioni furono più che amare: «In Brasile, la pena più severa per un crimine è trent'anni di galera. Io da quarantatre anni pago per un crimine che non ho commesso».

Obdulio Varela passò la notte a bere nei locali di Rio e forse solo Osvaldo Soriano poteva raccontarci quei momenti in cui il grande capo nero rinunciò alla sua festa per identificarsi nella sofferenza degli sconfitti. Così gli fa narrare la storia di quella serata: «Il proprietario del bar si è avvicinato a noi insieme a quel tizio grande e grosso che piangeva. Gli ha detto: "Lo sa chi è questo qui? È Obdulio". Io ho pensato che il tizio mi avrebbe ammazzato. Ma mi ha guardato, mi ha abbracciato e ha continuato a piangere. Subito dopo mi ha detto: "Obdulio, accetta di venire a bere un bicchiere con noi? Vogliamo dimenticare, capisce?". Come potevo dirgli di no? Abbiamo passato tutta la notte a sbevazzare da un bar all'altro».

Lettera aperta al calcio

Non sentivo Gigi da una settimana, il mio EmPhone era rimasto in silenzio assoluto. Ormai era chiaro, Gigi sarebbe andato dritto per la sua strada, legale o no: era deciso a giocare il primo Campionato dopo vent'anni, e lo avrebbe fatto a qualsiasi costo. Avevo un solo strumento per aiutarlo, il giornale. Accesi il computer e mi misi al lavoro.

Cronache Sportive

11 maggio 2030

Lettera aperta al calcio

Caro Calcio,
chiederti come stai non è semplice, che risposta puoi dare?
In fondo sono vent'anni che non esci da casa, che rimani nei ricordi della gente, che navighi solo nel grande oceano d'Internet.
In questi mesi in tanti hanno iniziato a ricordarsi di te, molti mi hanno chiesto che fine avessi fatto, e a tutti ho risposto che non lo sapevo, che forse avevi deciso di sparire davvero per sempre.
Poi, un giorno ho incontrato un ragazzo, Gigi, che con i suoi quindici anni è riuscito a mettere in dubbio le mie certezze. Poco per volta mi ha fatto riflettere su un calcio vivo, non più relegato ai ricordi di un anziano giornalista o di un grande campione. Mi ha fatto pensare a una rinascita del calcio, non quello raccontato, ma quello giocato.
Ora mi chiedo se i tempi siano maturi per considerare un nuovo modo di giocare a calcio.
Vedi, ho usato la parola giocare e non la parola raccontare, perché mi piacerebbe vederti nuovamente vivo. Mi piacerebbe tornare sugli spalti di uno stadio, come facevo da piccolo con mio padre.
Perché, caro Calcio, tu sei la poesia, sei il divertimento, la gioia, il dolore, hai rappresentato la vita e la morte, e – come diceva Pier Paolo Pasolini – forse sei stato davvero la rappresentazione moderna del sacro.
E purtroppo, come per i conflitti religiosi, sei finito nel mezzo di una guerra, che ti ha distrutto, condannato a restare un solo piccolo e lontano ricordo.
Allora te lo chiedo a nome di tutti i ragazzi, che come Gigi hanno ripreso un pallone tra i piedi: torna a giocare!
Il mio è un invito, una preghiera, una richiesta, un appello al gioco più bello del mondo e a tutti gli attori che per anni lo hanno reso uno spettacolo indimenticabile.
Ti aspettiamo in tanti, e sono certo che saremo ogni giorno di più, e giungerà il momento che saremo così tanti che non potrai tirarti indietro.
Ciao caro calcio,
il tuo Alex.

Pubblicai la lettera il giorno successivo e fu un successo enorme, al di sopra di ogni aspettativa.

Ricevemmo centinaia di mail, migliaia di adesioni al mio appello, da semplici tifosi e da grandi campioni.

Un dirigente del CONI mi chiamò per farmi i complimenti, ma soprattutto per capire quale riscontro reale avessero gli articoli sul calcio che stavamo pubblicando nel giornale. Gli raccontai dei tifosi, della grande passione che era rimasta sopita per anni e soprattutto della voglia di alcuni giovani di riprendere a giocare.

Mi rispose che se ne poteva parlare, e fissammo un appuntamento per il venerdì successivo.

Le emozioni però non erano ancora finite. Fra le tante mail che avevo ricevuto, una mi aveva emozionato e allo stesso tempo un po' sorpreso: quella di Gigi Riva, il grande Rombo di Tuono degli anni settanta, che ormai ottantaseienne mi spronava a continuare per la mia strada. Aveva scritto delle belle parole, ne ero contento, soprattutto mi soffermai su una sua frase: «Ho vissuto un calcio in cui certi liberi tiravano una riga vicino alla loro area e dicevano "se la passi ti spacco". Tempi in cui per ottenere un rigore a Milano o Torino, non bastava un certificato medico di 15 giorni». L'avevo intesa come una metafora della vita, un invito a non fermarmi di fronte alle difficoltà.

Gigi Riva era stato anche Team Manager della Nazionale di calcio italiana e non si era mai tirato indietro, né in campo né fuori: ora era il mio turno di entrare in area di rigore. E forse non era un caso che questa storia di calcio, di passione, di sacrifici, nella quale mi ero trovato per caso a recitare una parte importante, giungesse al termine con due protagonisti accomunati dallo stesso nome: da Gigi a Gigi, da un campione del 1970 ad un ragazzo del 2030. Era come un passaggio di consegne.

Decisi di dedicare a Rombo di Tuono l'ultimo articolo del mio reportage.

Manuel Vasquez Montalban, *Il centravanti è stato assassinato verso sera*, **Feltrinelli, Milano 2003.**
Pepe Carvalho viene chiamato a tutelare l'incolumità di una star calcistica dal delirio di un folle.
L'investigatore di Montalban si ritrova così coinvolto in una nuova avventura barcellonese, in una città sconvolta dai lavori e dalle speculazioni per i Giochi Olimpici del 1992.

Rombo di tuono

Gigi Riva con la maglia azzurra ha segnato 35 gol e si trova, inarrivabile, in cima alla classifica dei marcatori della Nazionale.

Cari lettori, si conclude oggi il reportage sul calcio. Sono stati mesi fantastici e sinceramente non pensavo che i miei articoli avrebbero suscitato un così grande interesse. Ora non so cosa accadrà, se il calcio tornerà a vivere o se il suo destino sia quello di finire nel dimenticatoio, nonostante tutto. Quello che so è che raccontandovi queste storie eccezionali ho finito con l'imparare più cose di quante poi sia riuscito a scriverne.
Come sempre: buona lettura!

26 Aprile 1970, doppietta di Gigi Riva nel 4 a 0 rifilato al Torino dal Cagliari, il sogno che diventa realtà, i sardi sono Campioni d'Italia.
17 Giugno 1970, Città del Messico, Gigi Riva al minuto 104 firma il 3 a 2 nella semifinale del Campionato del Mondo, che l'Italia vincerà per 4 a 3.
13 Maggio 2030, chiediamo a Rombo di Tuono di segnare un ultimo gol, per riportare il calcio nelle nostre vite.
Questo è l'ultimo articolo del reportage che «Cronache Sportive» ha voluto dedicare a quello che era considerato, sino a venti anni fa, lo sport più bello del mondo.
Abbiamo pensato di dedicarlo al più grande attaccante italiano del dopoguerra, al grande campione che con la maglia azzurra ha segnato 35 gol e si trova, inarrivabile, in cima alla classifica dei marcatori della Nazionale.
Abbiamo pensato di dedicarlo all'uomo che decise di restare per tutta la sua carriera con una sola maglia, quella rosso-blu del Cagliari. Carriera iniziata nel Legnano in serie C e proseguita nel Cagliari grazie all'intuito dell'allora presidente Rocca. Trasferirsi da Leggiuno sulle rive del lago Maggiore alla Sardegna non era stato facile per il giovane Gigi Riva, ma nell'isola aveva capito subito di avere trovato una terra adottiva.
Il suo amore per la Sardegna era incondizionato, tanto da decidere negli anni di non accettare le proposte arrivate dalle grandi squadre di calcio, con le quali probabilmente avrebbe vinto molti più trofei. Preferì diventare la bandiera di una squadra e di una regione. Rimase a Cagliari per tredici anni consecutivi, vivendo momenti esaltanti e momenti tristi, dallo scudetto del 1970 sino all'infortunio del 1976, che segnerà la fine della sua carriera e il declino della squadra sarda.
Il suo periodo migliore fu senza dubbio il biennio dal 1968 al 1970: Campione d'Europa con la Nazionale nel 1968, Campione d'Italia con il Cagliari nel 1970, Vicecampione del Mondo con la Nazionale nel 1970, battuta in finale solo dal grande Brasile di Pelè.

Il mito di Rombo di Tuono nacque grazie al suo sinistro micidiale, il soprannome gli fu dato dal grande giornalista Gianni Brera.

Il mito di Rombo di Tuono nacque grazie al suo sinistro micidiale, il soprannome fu creato dalla penna del grande giornalista Gianni Brera. Era il 25 Ottobre del 1970 e il Cagliari aveva già lo scudetto cucito sulle maglie: «Il Cagliari ha infilato e umiliato l'Inter a San Siro. Oltre 70.000 spettatori, se li è meritati Riva, che qui soprannomino Rombo di Tuono. Il Cagliari ha giocato mezz'ora non di più...».

Tra i due, il campione e il giornalista, c'era grande rispetto, come ricordò Gigi in un'intervista concessa quando la sua carriera di calciatore si era già conclusa: «La mia storia con lui cominciò nel '66. L'Italia giocava a Parigi contro la Francia, era la prima partita da titolare. Avevo esordito qualche tempo prima contro l'Ungheria a Budapest. Facemmo 0-0: il giorno dopo sulle pagelle Brera mi dette un 5. Aveva scritto che dovevo crescere. Aveva ragione lui, avevo poco più che vent'anni, strada dovevo farne ancora molta. Avevamo stima l'uno dell'altro: dopo quel 5 tante volte mi avrebbe aiutato dandomi un volto più alto di quello che effettivamente meritavo. Con Brera c'era un rapporto di simpatia che negli anni settanta si rafforzò ancora di più. Ho sempre pensato che fosse un tifoso del Cagliari dello scudetto. Lui aveva molti amici in Sardegna: veniva la domenica, e la sera si stava insieme a cena. Ricordo che al ristorante portava sempre le sue bottiglie di vino, perché non si fidava di quello che avremmo trovato. Allora era diverso, soprattutto in nazionale, giocatori e giornalisti facevano gruppo. Con Brera divenni Rombo di Tuono, l'aveva inventata lui quella definizione che mi è rimasta addosso per sempre. Aveva una capacità straordinaria di affibbiarti aggettivi, di darti un nome particolare. Era talmente bravo che azzeccava subito l'invenzione giusta: senza lasciare possibilità agli altri di crearne un altro».

È questo il racconto di un calcio differente da quello che molti sono stati abituati a vedere negli anni duemila, un calcio che viveva ancora le imprese dei grandi campioni in maniera semplice, in cui giornalisti e calciatori potevano permettersi di essere amici senza dare luogo a polemiche sterili e inutili.

Dalle parole per l'amico giornalista si vede anche la grandezza dell'uomo, ma il calciatore Rombo di Tuono aveva nella potenza e nelle progressioni il suo punto di forza: questa particolarità lo rendeva quasi immarcabile, e quando si trovava al limite dell'area di rigore, il suo sinistro in diagonale non dava scampo al portiere. Fu capocannoniere del Campionato italiano per ben tre volte, divenne una sorta di ambasciatore del calcio italiano e un'occasione di riscatto per il popolo sardo. In un mondo avvelenato ancora oggi dal razzismo, è bello rileggere le sue parole, la sua felicità per «aver fatto qualcosa, magari piccolissima, per gli emigrati. Aver contribuito a elevare il loro orgoglio di sardi e a vantarsi di esserlo quando in giro per l'Europa dovevano sgobbare facendo i lavori più faticosi e sopportando le umiliazioni più grosse. Mia sorella mi faceva leggere le loro lettere che arrivavano dalla Svizzera, dal Belgio, dalla Germania, dall'Inghilterra. Magari non avevano niente a che fare col calcio ed erano lettere bellissime e commoventi. La sola idea di farli sorridere anche solo per un minuto mi dà ancora oggi un senso di benessere. Come a dire che quello che ho fatto non è stato solo fine a se stesso».

«Aver fatto qualcosa per gli emigrati. Aver contribuito a elevare il loro orgoglio quando in giro per l'Europa dovevano sgobbare facendo i lavori più faticosi e sopportando le umiliazioni più grosse».

Cari lettori, appassionati di calcio, ho scelto di concludere il nostro viaggio nel tempo raccontandovi la vita e le parole di un grande campione, di un giocatore che ricorda che «ai suoi tempi nel calcio c'era posto anche per i sentimenti, chi poteva permetterselo non pensava solo ai soldi. Si consideravano anche altre cose: la maglia, la città, i tifosi».

Per quest'ultimo articolo ho pensato fosse meglio per tutti noi ascoltare le sue parole, che oggi assumono un significato particolare, un punto di partenza per ripensare il nuovo calcio.

Oggi, nel 2030, abbiamo bisogno di persone come Gigi Riva per calciare ancora un pallone dentro uno stadio.

Gigi Riva in una foto del 1976

Stadio centrale – 21 maggio 2030 ore 16.30

Era passata una settimana dall'ultimo articolo dedicato a Gigi Riva, con cui mi ero congedato dai lettori e avevo rinnovato l'impegno di riportare il calcio in campo. Speravo di avere convinto Gigi ad aspettare un po' di tempo, nell'attesa di comunicazioni ufficiali, ma la sua telefonata mi fece capire che mi trovavo di fronte a una testa dura.

«Ciao giornalista speranzoso», mi apostrofò appena risposi.

«Ciao adolescente incosciente», risposi sorridendo.

«Ti aspettiamo domani allo Stadio Centrale, non dimenticarlo, alle 16.30. Qualcuno si preoccuperà di distrarre Gianni e in pochi minuti saremo in campo. Finalmente potrai fare la cronaca di una partita vera». Il suo tono non era più di sfida, ma di una persona convinta delle proprie azioni. Che potevo fare? Provai a prendere tempo, gli dissi che avevo parlato con la dirigenza del CONI, che altri giornali si stavano interessando alla faccenda, che anche dal punto di vista politico qualcosa si stava muovendo. Mi sentivo come John Belushi nei Blues Brothers quando si difendeva per non essere andato al proprio matrimonio.

Ma Gigi fu irremovibile.

«Se proprio credi di avere delle possibilità per non farci finire in galera hai tempo sino a domani, in fondo in ventiquattro ore si possono realizzare molti sogni».

Chiuse la comunicazione senza lasciarmi la possibilità di ribattere.

Non avevo alternative, credevo ancora nella legalità, denunciare Gigi sarebbe

stato un tradimento, ma era l'unica possibilità per non fargli avere guai più seri.
Ripresi il telefono e chiamai il dirigente del CONI per informarlo, gli spiegai tutto, e gli chiesi di trovare il modo più adatto per avvertire la polizia, considerando la buona fede di quei cinquanta ragazzi.
Tornai a casa presto, non avevo più voglia di lavorare, accesi la tv e scaricai dalla rete la semifinale dei Mondiali del 1970, la partita più emozionante della Nazionale italiana, vinta 4 a 3 contro una fortissima Germania Ovest.
Neanche i gol azzurri mi fecero rilassare, andai a dormire e non chiusi occhio per tutta la notte: un po' la preoccupazione, un po' il senso di colpa per avere denunciato Gigi, mi fecero rigirare tra le lenzuola sino al mattino.
All'alba decisi infine di alzarmi. La giornata era serena, il sole stava per affacciarsi alto in cielo, pensai di prepararmi alla partita, tirai fuori appunti e materiali per scrivere, comunque sarebbe andata a finire dovevo fare la mia cronaca da giornalista.
Non potevo non andare, tutto sarebbe finito in pochi minuti, anche la mia amicizia con Gigi. Non potevo tirarmi indietro.
Dopo un panino a pranzo mi avviai a piedi verso lo Stadio Centrale e mentre mi avvicinavo mi resi conto che Gigi l'aveva combinata grossa. Decine di persone seguivano la stessa strada, chi con una maglia di una squadra, chi con una vecchia sciarpa da tifoso. Nonostante tutto la gente sembrava allegra, ma forse dipendeva solo dal fatto che per ora non c'era traccia di polizia.
Tutti verso lo stadio, già alle 15.00 eravamo migliaia, non c'era stato nemmeno bisogno di distrarre Gianni, che vedendo tutte quelle persone aveva aperto le porte dello Stadio Centrale ridendo. Avevo visto i suoi occhi lucidi mentre la folla attraversava quel muro immaginario che per vent'anni era rimasto intatto.
Gigi e i suoi amici arrivarono alle 16.00; dopo venti minuti erano in campo, pronti a sfidare il mondo, pronti a far rinascere il calcio anche se l'unico pallone che avevano trovato era da pallavolo. La gente sugli spalti li aveva accolti con un boato, applausi, canti, grida d'incitamento. Mi sembrava incredibile, ma lo stadio era pieno di famiglie. Li guardai, ero orgoglioso.
La magia durò poco, il suono delle sirene della polizia si avvicinava sempre più, e nel giro di pochi minuti dentro e fuori dal campo apparvero decine di poliziotti. A quel punto il silenzio sugli spalti era irreale.
Gigi e gli altri giocatori erano disposti per il calcio d'inizio, tutto era pronto per cominciare la partita, ma nessuno aveva ancora toccato il pallone. Tutt'intorno

alle linee del campo si erano materializzate le forze dell'ordine, poi erano entrati sul rettangolo di gioco una decina di uomini, alcuni in uniforme, altri in borghese, tra cui il dirigente del CONI che avevo contattato.

Gigi li osservò, non aveva vie di fuga.

Gli uomini gli si avvicinarono, riuscii anch'io a entrare in campo, ormai aspettavo solo l'ordine di arresto.

Tutti si fermarono, erano vicini al cerchio di centrocampo, poi una figura anziana e possente si staccò dal gruppo, riconobbi da lontano Gigi Riva. Aveva un vero pallone da calcio in mano, lo mise sul dischetto del centrocampo, ci appoggiò il piede sopra e si rivolse a Gigi: «Allora quando inizia questa partita?».

Il dirigente del CONI strinse la mano ai due Gigi, un coro si alzò dagli spalti e un applauso si diffuse tra i tifosi.

Non ci sarebbero stati arresti quel pomeriggio, solo una partita di calcio.

Carlo Carzan, *Il Calcio con le dita*, **Editoriale Scienza, Trieste 2009.**
Il calcio si gioca ovunque, su un campo regolamentare, ma anche in strada, su un prato, in palestra e anche a casa, sì proprio a casa con il calcio da tavolo, costruito con cartoncino, tappi di bottiglia, bottoni e le mitiche figurine. Il libro-gioco ti insegna come preparare una squadra, quali giocatori acquistare (sarà meglio il tappo corona o un bottone?), quali ruoli assegnargli, come allenarti per iniziare a calcioditare. Sì, proprio le dita (e il cervello) devono essere allenate per diventare un vero professionista del tappo-pallone!

Glossario del calcio

Il calcio è un linguaggio universale, che tutti parlano (più o meno bene) e tutti comprendono, quale che sia la loro razza, la loro Nazione o continente, la loro religione, la loro ricchezza. Come ogni linguaggio, anche il calcio ha i suoi

ITALIANO	INGLESE	SPAGNOLO	FRANCESE	CINESE
Gol	Goal	Gol	But	進球 (jìnqiú)
Fuorigioco	Offside	Fuera de juego	Hors-jeu	越位 (yuèwèi)
Partita	Match	Partido	Match	比赛 (bǐsài)
Attaccante	Forward	Delantero	Attaquant	前锋 (qiánfēng)
Difensore/Terzino	Defender/Wing back	Defensa	Defenseur	后卫 (hòuwèi)
Centrocampista	Midfielder	Medio centro	Milieu de terrain	中场 (zhōngchǎng)
Ala	Winger	Extremo	Ailier	边锋 (biānfēng)
Portiere	Goalkeeper	Portero	Gardien (de but)	门将 (ménjiàng)
Contropiede	Counter-attack	Contraataques	Contre-pied	防守反击 (fángshǒu fǎnjī)
Calcio d'angolo	Corner kick	Córner	Corner	角球 (jiǎoqiú)
Punizione	Free kick	Tiro libre	Coup franc	自由球 (zìyóuqiú)
Rigore	Penalty kick	Penalti	Rèparation	点球 (diǎnqiú)
Formazione	Line-up	Alineación	Formation	阵容 (zhènróng)
Espulsione/ Cartellino rosso	Expulsion/ Red card	Tarjeta roja	Expulsion	红牌 (hóngpái)
Ammonizione/ Cartellino giallo	Caution/ Yellow card	Tarjeta amarilla	Avertissement	黄牌 (huángpái)
Sostituzione	Substitution	Sustitución	Remplacement	替补 (tìbǔ)
Allenatore	Coach/Manager	Entrenador	Entraineur	经理 (jīnglǐ)
Tifosi	Fans	Aficionados	Supporters	球迷 (qiúmí)
Stadio	Arena	Estadio	Stade	球场 (qiúchǎng)
Arbitro	Referee	Arbitro	Arbitre	裁判 (cáipàn)
Fallo	Foul	Falta	Faute	犯规 (fànguī)

"dialetti": ecco allora un breve glossario che presenta i termini più comuni del calcio, quelli che potremmo incontrare nella cronaca di una partita, con l'intento di rendere ancora più condivisibile ciò che già è unione e incontro.

RUMENO	TAGALOG	UCRAINO	TEDESCO	ARABO
Gol	Layunin	**Гол** (Hol)	Tor	هدف (Hadaf)
Ofsaid	Offside	**Офсайд/Положення поза грою** (Ofsàid/ Položennja pòza hròju)	Abseits	خارج (Khàrigi)
Meci	Laro	**Матч** (Màč)	Spiel	مباراة (Mubàrat)
Atacant	Magsasalakay	**Нападник/Форвард** (Napàdnyk/Forvard)	Stürmer	هجوم (Hugium)
Fundaş	Tagapagtanggol	**Захисник** (Zakhysn'yk)	Verteidiger	مدافع (Mudàfi)
Mijlocaş	Midfielder	**Півзахисник** (Pivzakysn'yk)	Mittelfeldspieler	وسط (Wasat)
Extremă	Pakpak	**Вінгер/Крайовий гравець** (Vinher/Krajov'yj hravèts')	Flügelspieler	جناح (Gianah)
Portar	Tagabantay	**Воротар/Голкіпер** (Vorotàr/Holkìper)	Torwart	حرس (Haras)
Contraatac	Gantig salakay	**Контратака** (Kontratàka)	Konter spielen	هجوم معاكس (Hugium muachis)
Corner	Sulok sipa	**Кутовий удар** (Kutov'yj udàr)	Eckstoß	ضربة زاوية (Darbt zauia)
Lovitură liberă	Parusa	**Вільний удар** (Vil'nyj udàr)	Strafstoß	معاقبة (Muacaba)
Penalti	Parusa ng sipa	**Пенальті** (Penàl'ti)	Elfmeterstoß	ضربة هدف (Darbt hadaf)
Formaţie	Pormasyon	**Розташування** (Roztašuvannja)	Aufstellung	تشكيل (Tasc'kil)
Cartonaş roşu	Pagpapaalis	**Вилучення/червона картка** ('Vylučennja/ červòna kàrtka)	Platzverw/Rote Karte	ابعاد \ بطاقة حمراء (Ibad/Bataca hamra)
Cartonaş galben	Babala	**Попередження/Жовта картка** (Poperèdžennja/ Žòvta kàrtka)	Gelbe Karte	تنبية| بطاقة صفراء (Tanbii/Bataca safra)
Schimbări	Pagpapalit	**Заміна** (Zamìna)	Auswechslungen	تبديل (Tabdìl)
Antrenor	Tagapagsanay	**Менеджер/Керівник** (Mènedžer/ Kerivn'yk)	Trainer	مدرب (Mudarreb)
Suporteri	Tagahanga	**Вболівальники** (Vbolivàl'nyky)	Fans	مؤيدون (Muaidun)
Stadion	Istadyum	**Стадіон/Арена** (Stadiòn/Arèna)	Stadion	ملعب (Malab)
Arbitru	Tagahatol	**Суддя (Рефері)** (Suddjà/Rèferi)	Schiedsrichter	حكم (Hakam)
Fault	Masama	**Порушення (Фол)** (Porùšennja/Fol)	Foul	غلطة (Galtta)

Ringraziamenti

Ogni libro ha una storia, delle idee che crescono e si sviluppano, che prendono strade nuove e a volte imprevedibili.

Come in una partita di calcio il risultato non è sempre scontato, e il gioco di squadra è fondamentale per raggiungere l'obiettivo. La squadra di Sinnos è stata eccezionale, e allora grazie a questo gruppo che mi ha consentito di portare a termine un libro a cui tengo molto.

A Della, che ha accolto con passione ed entusiasmo la mia idea e l'ha fatta crescere robusta.

A Giulia, che mi ha seguito, sostenuto e al momento giusto riportato all'ordine.

A Elia, cui auguro lunga vita come editor e che nonostante tutto ha accettato il capitolo dedicato a Nedved.

A Emanuela, che, nonostante Elia, è ancora al suo posto e ha reso possibile l'incontro con i campioni del calcio.

A Rachele, che ha sopportato sino all'ultimo le mie richieste.

A tutto il resto delle donne di Sinnos, Elisa, Aneta, Rossella, Paola e Valeria. Voi lettori non lo sapete, però lo immaginate, basta andare in redazione per scoprire quale magia vive insieme a tutte loro.

Per ultimo grazie a Sameh, Maria Vittoria, Marta, Giuliana, Alessia, Cristina, Giorgio, Arianna, Dario, Erika, Francesco, Alice, Chiara, Avarna, Chiara, Annamaria e Andrea, il mio gruppo redazionale di giovani lettori, che ha contribuito con pazienza a far nascere e crescere questo libro.

Indice

Carlo Carzan

Nota biografica

Nato a Palermo nel 1967, ha passato la sua infanzia giocando e in realtà non ha mai smesso. Nella sua vita ha realizzato già un sogno, lavorare giocando, anzi facendo giocare gli altri.

Ha dato vita a "Così per Gioco" la prima ludoteca palermitana per ragazzi, e a tantissime iniziative ludiche sin dai primi anni novanta.

Crede profondamente nel gioco come strumento di crescita e di formazione e negli ultimi anni si è specializzato nella didattica ludica, cioè in metodologie didattiche non frontali, perchè convinto che si può imparare giocando.

Occupa la sua giornata scrivendo storie, giochi, progettando attività che poi realizza con ragazzi e adulti e si riposa leggendo e giocando con le sue due bambine. Si occupa di formazione per docenti e operatori ludici, di laboratori con i bambini, di animazione alla lettura, collabora con enti pubblici e privati, case editrici e operatori culturali.

Lui si ritiene un "Ludomastro": insomma per lavoro Gioca, Scrive, Legge.

Coordina il progetto "Turutun", con l'edizione di albi illustrati dedicati alle fiabe siciliane, con cui è stato finalista al premio Andersen del 2006.

Nel 2008 ha vinto il LudoAward con il suo *Calcio con le dita* ed è arrivato secondo al premio Città di Bella con il libro *A come Acqua, B come Bosco, C come Cacca*.

Nel 2009 ha vinto il premio Andersen per la promozione della lettura con l'Ass. "Così per Gioco" e nello stesso ambito ha pubblicato per le edizioni la meridiana un libro di giochi per avvicinare i ragazzi alla lettura, *Ri-animare la lettura*.

Bibliografia

Il kit del bravo supplente. Giochi per le ore di supplenza, edizioni la meridiana, Barletta 2006

La bella dalla stella d'oro, Edizioni Arianna, Geraci Siculo 2006

La figlia di Biancofiore, Edizioni Arianna, Geraci Siculo 2007

Il calcio con le dita, Editoriale Scienza, Trieste 2007

A come acqua, B come bosco, C come cacca. Piccolo alfabetiere dell'ambiente, Edizioni Arianna, Geraci Siculo 2008

Ri-animare la lettura. 55 giochi per divertirsi con i libri, edizioni la meridiana, Barletta 2009

Mi chiamo Stefi e tu?, con Grazia Nidasio, Caminito Edizioni, Firenze 2010

L'orcodrau e la troffa di la razza, Edizioni Arianna, Geraci Siculo 2010